LE BAR SOUS LA MER

DU MÊME AUTEUR

Terra, Julliard, 1985.
Baol, Laffont, 1993.
La Dernière Larme, Actes Sud, 1996.
Hélianthe, Actes Sud, 1997.
Bar 2000, Actes Sud, 1999.

Titre original :
Il bar sotto il mare

ISBN 978--7427-3337-8

Illustration de couverture :
Dessin de Giovanni Mulazzani,
adaptation d'Henri Galeron

STEFANO BENNI

LE BAR SOUS LA MER

traduit de l'italien par Alain Sarrabayrouse

BABEL

1. Le premier homme au chapeau. 2. Le deuxième homme au chapeau. 3. Le troisième homme au chapeau. 4. Le barman. 5. La blonde. 6. Le marchand de tapis. 7. Le marin. 8. L'homme à la cicatrice. 9. Le type à la mèche. 10. La fille à la mèche. 11. La demoiselle au chapeau. 12. Le nain. 13. L'homme aux lunettes noires. 14. La petite fille. 15. Le vieil homme au gardénia. 16. L'homme au manteau. 17. La petite vieille. 18. La sirène. 19. Le chien noir. 20. La puce du chien noir.

PROLOGUE

Je ne sais si vous me croirez ; on passe la moitié de son temps à se moquer de ce que croient les autres, et l'autre moitié à croire ce dont les autres se moquent.

Je marchais, une nuit, au bord de la mer des Brigantes, où les maisons ressemblent à des navires engloutis, immergés dans le brouillard, et où le vent donne aux branches des lauriers-roses de lents mouvements d'algues.

Je ne saurais dire si je cherchais quelque chose, ou si j'étais suivi ; je me souviens que les temps étaient difficiles. Mais moi, pour quelque étrange raison, j'étais heureux.

Soudain, du rideau de brume, surgit un vieil homme élégant avec un gardénia à la boutonnière qui, passant près de moi, s'inclina légèrement. Intrigué, je lui ai emboîté le pas. Je marchais rapidement mais avais du mal à le suivre, car il semblait avancer en volant à quelques centimètres au-dessus du sol ; ses pieds ne faisaient aucun bruit sur le bois humide du môle.

Le vieil homme s'arrêta un instant, fit vers le ciel des gestes grâce auxquels il semblait calculer la position des étoiles. Puis il eut un hochement de tête approbateur, et il s'engagea dans un petit escalier qui, du môle, descendait vers l'eau obscure.

— Arrêtez-vous monsieur, ai-je crié, ne le faites pas !

Mais le vieil homme ne m'écouta pas, en un rien de temps il fut dans l'eau jusqu'à la ceinture et, peu après, il disparut.

Sans hésiter, j'ai plongé, tout habillé. L'eau était glacée, et dans le fond boueux traînaient des détritus et des cordages. J'ai regardé autour de moi, cherchant une trace de l'homme et, à ma grande surprise, j'ai vu, suspendue à quelques mètres du fond, une enseigne lumineuse portant l'inscription "Bar". C'est vers elle que se dirigeait tranquillement, marchant comme un scaphandrier, le vieil homme au gardénia. Comme dans un rêve, j'ai nagé moi aussi vers l'enseigne qui éclairait l'eau en bleu.

Je suis arrivé ainsi jusqu'à une construction recouverte de nautiles, avec une porte en bois. La porte s'ouvrit tout de suite, et l'homme au gardénia me tendit la main. Il ne fit rien d'autre que de me tirer vers l'intérieur, d'un coup ; et je me suis retrouvé dans un bar accueillant, lumineux, et bondé. Il était pourvu de meubles disparates, certains en vieux style marin, d'autres exotiques, d'autres encore résolument modernes. Le comptoir ressemblait au flanc d'un navire tant il était brillant et imposant. Au-dessus de la rangée de bouteilles, il y avait un grand hublot en verre d'où l'on pouvait voir des candélabres de coraux et des bancs de poissons. Les consommateurs buvaient et bavardaient comme dans un quelconque bar de la côte. Comme vous pouvez le constater à partir du dessin de couverture, ils formaient le groupe le plus extravagant qu'on ait jamais vu.

Le barman me fit signe d'approcher. Il avait une expression ironique, et son visage me rappelait celui d'un célèbre interprète de films d'horreur. Il m'offrit un verre de vin et m'accrocha un gardénia à la boutonnière.

— Nous sommes heureux de vous avoir parmi nous, dit-il à voix basse. Je vous en prie, installez-vous car, cette nuit, chacun des présents racontera une histoire.

Je me suis assis, et j'ai écouté les récits du bar sous la mer.

Le récit du premier homme au chapeau

L'ANNÉE DU TEMPS FOU

Mais la terre,
Avec laquelle tu as partagé le froid,
Tu ne pourras jamais plus
Te dispenser de l'aimer.

VLADIMIR MAIAKOVSKI

L'histoire que je vais vous raconter est une histoire de mon village, Zuydingue, qui est célèbre pour deux spécialités : ses betteraves et ses menteurs.

Le vieux du village, le père Celso, prophétisa que, cette année-là, on aurait un drôle de temps. Il dit qu'on pouvait le comprendre à partir de trois signes :

– les bécasses, qui passaient chaque année au-dessus du village, étaient passées, mais en train. Le chef de gare en avait vu deux wagons entiers ;

– les cerises étaient en retard : celles qui étaient sur les arbres dataient de l'année précédente ;

– les os des vieux ne leur faisaient pas mal ; en revanche, les gamins avaient tous la goutte, et les fillettes des rhumatismes.

Le père Celso dit qu'on en verrait de belles.

Eh bien, dès février, c'était déjà le printemps. Les marguerites fleurirent toutes le même matin. On entendit un bruit comparable à l'ouverture d'un gigantesque parapluie : et elles étaient toutes là, écloses.

Le pollen commença à tomber en abondance des arbres. Tout le village éternuait, et une épidémie d'allergies très étranges se déclara : certains voyaient leur nez gonfler, des loupes poussaient chez d'autres. Les fruits mûrissaient d'un seul coup ; vous vous endormiez sous un pommier aux fruits verts et, au réveil, vous étiez couvert de compote.

Puis ce fut au tour de la pluie de faire n'importe quoi. Il ne pleuvait qu'une heure par jour, mais toujours au même endroit : sur la maison du maire. Le gros nuage se mettait ensuite à passer de long en large au-dessus du village et, dès qu'il voyait quelqu'un avec un chapeau, paf, il y mettait le feu, en décochant un joli petit éclair. Plus tard se leva un vent parfumé et aphrodisiaque. Quand il soufflait, les gens étaient tout émoustillés et couraient dans les fourrés par deux, trois, ou plus encore. Le prêtre était désespéré ; un jour qu'il suivait un couple surpris à faire des cochonneries dans la sacristie, il reçut une rafale en pleine figure, et on le retrouva dans une grange, en compagnie d'une fidèle – pas si fidèle que ça.

En avril, l'été arriva tout à coup. Quarante-sept à l'ombre. Le grain mûrit et, en deux jours il était cuit. On recueillit deux cents quintaux de baguettes de pain ; il faisait si chaud que les œufs bouillaient, pas seulement sur le toit des autos, mais également dans les derrières des poules. Les pauvrettes battaient des ailes et, le matin, c'étaient des omelettes qu'on trouvait dans la paille du poulailler. L'étang s'assécha en un clin d'œil. Les poissons trouvèrent refuge dans les baignoires, il n'y avait pas moyen de les en déloger ; il fallait faire sa douche en même temps que les truites. Les poissons-chats faisaient la chasse aux souris. Nous portions tous des chapeaux de paille, mais le soleil y mettait le feu comme aux autres ; nous avons alors mis des chapeaux en zinc et en tôle ondulée, et l'armée vint contrôler ce qui se passait, car un avion de reconnaissance avait dit que Zuydingue était envahi par les Martiens.

Immédiatement après, la grêle. Ça commençait à chaque fois par trois coups de tonnerre, puis on entendait dans le ciel une grosse voix criant “Allez !”, et des panettones de grêle nous tombaient sur la tête. A Biolo, il tomba un grêlon grand comme un moule à parmesan, avec un corbeau, bien conservé, à l'intérieur.

Une chaleur africaine nous envahit à nouveau. Les gens dormaient dans les rues, à l'intérieur des frigos, avec une rallonge. Le glacier travaillait vingt-quatre heures sur vingt-quatre et, à la fin de l'été, il acheta un gratte-ciel à Monte-Carlo.

En automne, les feuilles tombèrent enfin. Il en tomba deux, une dans le jardin de l'école, l'autre à Rovasio. Les autres semblaient tenues par de la colle, pas moyen de les détacher, pas même avec des ciseaux. Le raisin était mûr, mais il était salé, je vous jure, salé comme du hareng, et le vin de l'année n'était bon qu'à assaisonner la salade. La température redevint douce et, en novembre, les hirondelles arrivèrent, en retard. Une compagnie de neuf millions d'oiseaux. Personne ne sortait plus de chez soi, le brouhaha atteignait dix mille décibels. Les hirondelles s'en allèrent et les cigognes arrivèrent. Elles lâchèrent en vol une soixantaine de bébés chinois, puis repartirent.

Vint alors le brouillard. On ne voyait pas plus loin que le bout de son nez. Le seul qui marchait tranquillement était Enéa, dont le nez fait vingt-huit centimètres de long. On circulait tous avec un phare antibrouillard sur la tête et, la nuit, souvent, on se trompait de maison ; ce qui n'était pas si mal, en fin de compte, car il y avait toujours des surprises au fond des lits.

La chose la plus dangereuse c'était les camions qui passaient au milieu du village à cent vingt à l'heure : pour les camionneurs, le brouillard, ce n'est pas un problème. Il fallut faire des ponts reliant les toits, et des passages souterrains. Au bout d'un certain temps, on a décidé de construire un beau mur au milieu de la route, et des camionneurs, on n'en a plus vu, ou seulement quelques morceaux.

C'est alors qu'arriva l'hiver, et tout de suite il neigea, vingt jours d'affilée : très vite le village fut submergé par la blanche visiteuse. Seules les cheminées dépassaient ; mais nous ne perdîmes pas courage. Par équipes, on allait balayer la neige ; nous autres, du bas Zuydingue, on balayait vers le haut, et vice versa ; il y avait toujours la même hauteur de neige mais, au moins, on se réchauffait.

Hector, le boulanger, continuait à travailler en maillot de corps, car les boulangers sont de complexion isotherme : chaque matin il passait et jetait le pain par les cheminées. Pour échanger des informations on faisait des signaux de fumée et, le soir venu, on se racontait des blagues fumigènes. Le meilleur dans le genre était le fumiste.

Nous, les humains, on ne s'en sortait pas mal. On avait du pain, et le fromage de Zuydingue, trois mille calories par morceau. Mais pour les animaux, c'était dur. Les vaches n'avaient pas d'herbe à manger, et elles refusèrent le steak. On les nourrissait des journées entières à l'oignon, et elles avaient une haleine à occire l'enfant Jésus dans sa crèche. Les oiseaux maigrissaient, les renards aussi ; les belettes passaient par le trou des serrures, et les loups descendirent dans la vallée, puis dans le village ; on les retrouva dans les séjours, tenant nos pantoufles dans leur gueule, ces lèche-bottes. En attendant, la blanche casse-couilles continuait de tomber, et de nombreux villages étaient isolés : on disait que plus haut, à Monte Macco, vingt familles n'avaient presque plus de vivres et ne mangeaient que des flageolets. Un doute atroce nous envahit alors car, à Monte Macco, il y avait une famille qui s'appelait précisément Flageolet. Aussi sommes-nous montés voir : mais les malheureux mangeaient seulement des flageolets avec un *f* minuscule, et ils étaient cinquante, enfermés dans une même maison pour économiser le bois ; cette diététique particulière était à l'origine d'explosions qui donnaient l'impression d'être en guerre. Et le vieux Flageolet arpentait la maison muni d'une épuisette, capturant les vents et les remettant dans la marmite, pour ne rien laisser perdre.

A la fin de l'année, la neige avait atteint sept mètres de haut et le boulanger n'avait plus de farine. Aussi avons-nous demandé de l'aide à la ville ; il nous envoyèrent trois hélicoptères : mais leur valeur nutritive était mince, sauf peut-être les sièges. Nous étions à bout de forces quand le père Celso déclara que le seul qui pouvait nous sauver était Ufizéina.

Ufizéina était un mécanicien qui savait tout réparer, de la grue hydraulique au biberon et, de mémoire de Zuydingot, aucune panne n'avait réussi à le mettre en difficulté. Nous lui avons expliqué le problème : qu'il y avait rien moins que le temps à remettre en état. Ufizéina y réfléchit un peu, puis dit : “Si c'est cassé, ça se répare.”

Il étudia la situation, prit un cric, deux morceaux de bâche, du mastic, une pompe, et disparut à l'horizon.

Le soir il était déjà de retour. Il expliqua que le problème était simple : le soleil, se levant du côté de Monte Macco, était resté pris dans un arbre ébréché par la foudre, et s'était troué. De fait, il était là, sur l'autre versant, si dégonflé que c'était pitié. Ufizéina l'avait rechapé, puis avait fixé la pompe. Sous peu, il se gonflerait et se remettrait à monter. Effectivement, peu à peu le soleil apparut, faible d'abord, puis toujours plus rond et resplendissant, montant au-dessus de Monte Macco et réchauffant tout.

La neige fondit, et la situation redevint normale. Pas nous.

Le récit du vieil homme au gardénia

LE PLUS GRAND CUISINIER DE FRANCE

Je ne l'aurais jamais cru
Mais je ferai ce que je pourrai.

LORENZO DA PONTE

La nuit et la neige faisaient de Paris un rêve en noir et blanc. Heureux ceux qui pouvaient, en cet hiver du début du siècle, contempler ce spectacle d'une fenêtre, au chaud dans leur maison ! Mais pour les autres, quelle horrible nuit ! Plus de deux cents clochards moururent de froid, et autant perdirent l'usage de leurs pieds et de leurs mains, qui gelèrent.

Le long du quai des Grands-Augustins, suivant le cours d'une Seine sombre et courroucée comme l'Achéron, un chien noir et maigre marchait péniblement dans la neige profonde. A bout de forces, il regardait autour de lui le tourbillonnement des flocons. Il avait faim, tellement faim.

Il marcha longtemps, jusqu'à ce qu'il sente ses forces lui manquer. Il pensa (si les chiens pensent) que pour lui c'en était fini (si les chiens imaginent une fin). Quand soudain il fut terrassé par une odeur (pour ça, il faut leur faire confiance, aux chiens) : une odeur de Paradis.

Je sais ce que vous direz : l'homme est le seul animal religieux, telle est d'ailleurs la caractéristique, avec le rire et les pouces, qui le distingue de la bête. Mais, par une telle nuit, comment nommer autrement l'odeur de nourriture chaude, pour un chien errant ?

Suivant l'odeur, le chien s'approcha d'un étroit soupirail au niveau de la rue. Bien que la neige en eût à moitié obstrué l'ouverture, en tendant le cou il put voir à l'intérieur. Et il vit.

Il vit une grande pièce souterraine peu éclairée. Au centre de la pièce une table préparée pour de nombreux convives. Même si la table était presque dans l'ombre, on devinait les formes des grands plats déjà préparés, quatre cathédrales de victuailles. Au bout de la pièce, près de la cheminée, le chien vit deux hommes. Un chirurgien et un alchimiste. Le chirurgien disséquait une petite créature à l'aide d'un canif, l'alchimiste mélangeait des liquides de différentes couleurs au milieu d'un nuage de vapeur. De ce nuage provenait l'odeur qui avait attiré le chien.

Dans l'air flottait une musique : une voix de femme. Le chirurgien accompagnait la mélodie à voix basse. L'alchimiste battait la mesure de son pied. Au plafond était accrochée une guirlande que l'air chaud de la cheminée faisait ondoyer, tel un drapeau. Le chien noir pensa que ce Paradis avait sûrement une entrée.

Laissons le chien noir au froid et à sa connaissance limitée des humaines merveilles.

Nous préciserons que :

– le Paradis en question n'est autre que le restaurant Bonbour, cinq étoiles, que certains tiennent pour le meilleur restaurant de France ;

– la musique est "Ombre légère", extrait de la *Dinorah* de Meyerbeer, interprétée par la Callas, que certains tiennent pour la meilleure soprano de tous les temps (au moment où l'action se déroule, Maria Callas a six ans ; mais beaucoup d'autres choses étranges auront lieu cette nuit-là) ;

– le chirurgien, qui est en train de lever les filets d'une truite de Haute-Savoie, n'est autre que Gaspard Ouralphe, premier chef chez Bonbour ; certains le tiennent pour le meilleur cuisinier de France ;

– l'alchimiste est son aide, M. Ascalaphe, spécialiste en mousses et en sauces, que certains tiennent pour le meilleur dans son secteur.

L'odeur qui a ensorcelé le chien noir est celle d'une mousse de foie d'oie, langouste et herbes provençales, dite *Mousse Topaze*.

Au milieu de la guirlande qui flotte au plafond, on lit : "Troisième rassemblement annuel des importateurs d'outre-mer.

Longue vie à notre nouveau président Louis Cocquardeau."

L'association des importateurs d'outre-mer est une des plus riches associations commerciales de France – certains la tiennent pour l'une des plus malhonnêtes.

Quant au président Cocquardeau, pas de doute : il n'est pas tenu par certains, mais par tout le monde, pour le plus torve et le plus cynique affairiste du pays.

Le chien noir ne le sait pas, ce ne sont pas ses oignons. Ceux que ça regarde font mine de ne pas le savoir. *Ombre légère, ne t'enfuis pas, ne te retourne pas…*

PORTRAITS

Ouralphe est petit, rond. Tête piriforme. Yeux de souris. Rides sur le front. Une belle moustache en accent circonflexe, noire, lustrée, comme tracée à l'encre de Chine. Courte barbiche en fer à cheval. Cheveux brillantinés, couleur caviar. Joues roses, sourire cordial laissant apparaître de petites dents blanches et pointues de gamin ; nez de moineau, beau grain de beauté galant sur la joue droite, mains petites et très soignées. A l'annulaire droit, une bague avec un faisan en or. Sur la tête, une grande toque penchée sur la gauche, un peu molle. Tout de blanc vêtu à l'exception d'une grande écharpe de soie jaune ornée de dessins de bartavelles. Chaussons de danse. Odeur : un peu musquée. Voix : de clarinette.

Ascalaphe est grand, osseux, avec une épaule plus haute que l'autre et un front d'acromégalique. Sourcils broussailleux. Teint sauce béarnaise, grand nez porcin. Joues roses, yeux de brave homme.

Bouche large et édentée, grandes oreilles rondes, cheveux blancs, rares. Mains d'étrangleur. Entièrement vêtu de blanc, à l'exception de deux cuissardes rouges qui brillent comme des flammes surgies du sol. Odeur : mélange d'herbes. Voix : de hautbois.

— Maître, dit le bon Ascalaphe, la mousse est presque réussie, mais quelque chose m'échappe. Le Sauternes courtise l'oie, mais elle ne cède pas. Le goût reste incertain. Et dans ces conditions je ne peux ajouter les herbes…

Ouralphe lève encore trois filets de truite et les dispose en étoile sur un plat de Braquemond. Il prend la tête de la belle Savoyarde et lui fait une boucle d'oreille en citron. Il regarde de loin le plat. Trouve que le vert du persil est trop agressif. Taille. Bénit avec six gouttes d'huile sicilienne.

— Cher Ascalaphe, dit-il finalement, il est probable que tu as été trop timide avec le Sauternes, et que l'oie a un foie trop gros, on les élève à la va-vite. Ajoute dix gouttes de vin et le mariage sera parfait.

Ascalaphe verse les gouttes prescrites et la mousse devient parfaite. Jamais le maître ne se trompe.

Ouralphe soupire, et regarde du côté de la table restée dans l'ombre ; d'où, surgissant du plat de poisson froid – *Le Grand Océan* –, quatre homards dressent leurs pinces en signe d'invocation. Plus loin, dans le plateau de viande intitulé *Massacre de saint Julien l'Hospitalier*, les têtes de porcelet sommeillent. *Le Mont des douze desserts* brille dans le lointain, réfléchissant les rondeurs du château de fruits *Jardin de Salomé*.

— Tout ce travail pour ces marchands, dit Ouralphe d'une voix affligée à Ascalaphe qui se lève et s'étire, agitant ses pauvres os.

— Maître, c'est peut-être l'heure d'aller se reposer.

— Je n'irai pas me coucher cette nuit, dit Ouralphe. Il est déjà trois heures et je n'ai pas envie de rentrer chez moi par ce temps infect. D'autant plus que nous devrons être là dès huit heures pour les préparatifs. Je dormirai près de la cheminée.

— Vous avez déjà dormi ici la nuit dernière, dit Ascalaphe telle une nounou difforme, et la nuit précédente aussi.

— Le général dort toujours sur le champ de bataille. Et d'ailleurs, je ne dormirai pas seul.

Depuis un moment, le chien noir est là, humble et frétillant. Il s'est couché aux pieds d'Ouralphe et le regarde comme une divinité.

— Tu vois, dit le cuisinier, il y a encore quelqu'un qui m'adore.

— Ne dites pas cela, fait le bon Ascalaphe, toute la France s'incline devant la cuisine du maître Ouralphe.

— Autrefois peut-être. Aujourd'hui on n'apprécie plus ni l'invention, ni la surprise. Des rations minuscules pour petits estomacs indifférents, ou du chevreuil protéique pour exhibitionnisme noceur. Les gens ne veulent qu'une chose : raconter aux autres ce qu'ils ont mangé. Oh, que faire sur cette terre… Va, mon bon Ascalaphe. Je préparerai un os *façon Grand Squelette* pour ce dernier gourmet.

Et il caresse le chien.

Ascalaphe s'en va dans la nuit.
La neige continue de tomber.
Les cloches de Notre-Dame
Sonnent quatre heures.
Paris dort.

A la lueur de la cheminée, dans le chaud crépuscule d'une casserole de potage qui bout, Ouralphe sommeille et s'abandonne à ses souvenirs. Sa maison de campagne. Des oies saines et cordiales. Sa femme, Mme Camélie Ouralphe, ni saine, ni cordiale, récemment décédée. Certaines fraises molles vues aujourd'hui au marché, à un prix indécent. Il remet le disque, toujours la Callas, toujours “Ombre légère”.

Quelle grande soprano ! On n'a jamais entendu une voix pareille (et pour cause, elle ne chante pas encore). Ouralphe se sent un peu las, et se verse deux doigts de château-grillon, à l'arrière-goût de violette. Un vin de rêve : à la chaleur de la cheminée, dans son verre il voit danser des chevaux, des chameaux et des bayadères. La tête lui tourne : il a l'impression que tout flotte un peu, que les murs se resserrent, que la neige, au-dehors, tombe de travers. Que se passe-t-il ? Le chien aussi a changé. Il a un regard étrange. Il semble rire… rire, oui, comme les porcelets en haut du *Massacre de saint Julien*.

A présent le chien se lève et s'étire. Il s'étire au point de grandir et de rester debout sur ses pattes de derrière. Au feu de la cheminée Ouralphe voit qu'il neige dans son verre ! Et la gueule du chien bipède se déforme. Son museau s'aplatit, ses oreilles rapetissent. Au bout de ses pattes de derrière apparaissent deux chaussures vernies noires. Puis un pantalon de velours rouge. Le feu de la cheminée envoie une bouffée de chaleur. Les pattes antérieures du chien deviennent des mains, son annulaire porte une bague avec un rubis. Voici les yeux et les cheveux, bruns et bouclés, la moustache et la barbe. Sa truffe disparaît en dernier, remplacée par un nez on ne peut plus humain, et busqué (seule la queue reste à sa place). Le résultat, c'est un grand gentleman, distingué, au regard exotique. Ce pourrait être un métis de quelque île chaude et lointaine. Il s'assoit et sourit : quelles dents !

— Diable ! dit Ouralphe étourdi.

— En personne, répond celui-ci, et vous, vous êtes le fameux Ouralphe.

— En... en... enchanté, dit Ouralphe qui tend la main.

Celle de l'autre est brûlante. Ouralphe pousse un cri.

— J'aurais dû vous avertir, reprend le diable avec un sourire ; bien, c'est une jolie petite place ici. J'ai dû faire tous les quais. En bas, ils m'avaient donné une mauvaise adresse.

— En bas ?

— En bas.

— Vous… vous promenez toujours comme ça ? Je veux dire à quatre pattes ?

— Ah non, je déteste les transformations. Chat noir, femme fatale, pape, chauve-souris, bouc, et j'en passe… Mais, comme vous l'imaginez, à quatre heures du matin, à Paris, un chien passe plus inaperçu qu'un homme élégant à la peau brune…

— Je comprends, dit Ouralphe. Un peu de vin ?

— Volontiers, répond le diable, toutefois vous devriez me le verser vous-même dans la bouche… Vous savez que le château-grillon ne doit pas être bu chaud.

Et voici Ouralphe versant un grand verre de rouge dans la gorge du diable. Laquelle a des amygdales et une luette, comme toute gorge qui se respecte.

— A présent, dit le diable en se léchant les lèvres avec une langue étrange et pointue, j'imagine que vous vous demandez pourquoi je suis là.

— Je crois – Ouralphe soupire – que c'est pour m'inviter à vous suivre.

— Vous êtes vraiment – le diable s'incline – un homme intelligent.

— Et pourquoi précisément moi, si je ne suis pas indiscret ?

— Votre question, monsieur, est révélatrice, ricane l'ex-chien. Orgueil, vanité, hauteur. Moi, Ouralphe, somme de toutes les vertus !

— Oh, je ne voulais pas dire cela, proteste Ouralphe en remuant très doucement le bouillon fumant. Je veux dire, pourquoi cet honneur d'une visite personnelle ?

— Parce que vous êtes au-dessus du lot, monsieur Ouralphe. J'ai sur moi une liste de péchés qui ressemble à un de vos menus, dit le diable en tirant de son manteau un feuillet couvert d'une écriture rouge. Je lis ici : excès d'esthétisme… Orgueil démesuré dans l'exercice de sa profession… Mégalomanie artistique… Envie, colère, luxure puis, jurons, cruauté envers les hommes et les animaux… Dois-je poursuivre ?

— Orgueil démesuré, murmure Ouralphe à part soi.

Il se lève, et allume un à un trois chandeliers sur la table préparée. Chacun éclaire une nouvelle merveille. Le diable, qui pourtant en a pratiqué des banquets, a le souffle coupé.

— Vu que tel est le motif de ma condamnation, dit Ouralphe, je veux au moins que vous le connaissiez à fond… Je vous invite à dîner.

Le diable ricane. Quelles dents !

— Si vous croyez me flatter, sachez que toutes les histoires sur mes prétendus regrets, ou sur mes corruptions, sont fausses, et le fruit d'imaginations littéraires.

Ouralphe ne l'écoute pas et dispose devant lui quinze couverts différents. Le diable le regarde sans trembler. C'est un homme du monde, et il sait se servir de toute autre chose que de sa fourche. De plus, il vient de passer plusieurs heures sous la forme d'un chien affamé.

— Voici mes chefs-d'œuvre, dit Ouralphe, produits d'une vieille recette sicilienne.

Le Grand Océan

Trois cercles entourent le centre du plat.

Le premier est constitué de homards frits imbibés de lait et de queues de homards avec un coulis de jambon et des noix de beurre de homard passé à la toile de lin ; plus quelques homards vivants frottés jusqu'à ce qu'ils deviennent rouges comme s'ils étaient cuits, et qui, mis au milieu des cuits, se mettront à marcher, pour la plus grande joie des convives.

Le deuxième cercle commence par une langouste préparée dans une sauce à l'huile, aux truffes et aux petits pois, et trempée dans un bouillon de poisson. La langouste attrape avec sa pince la queue d'une anguille assaisonnée à la mayonnaise et aux amandes, laquelle anguille mord la queue d'une anguille femelle écorchée, cuite dans le malvoisie et une sauce à l'anchois ; laquelle anguille femelle appuie sa tête sur un brochet cuit à la braise qui suit, famélique, quatre truites à l'oseille, au genièvre, à la sauce aux mousserons, à la carbonnade. La dernière truite rejoint la langouste.

Le troisième cercle est composé d'un carrousel style Bayol formé de trois cents huîtres à la sauce royale, chacune portant, en guise de perle, une cuisse de grenouille, ou un morceau de foie de tortue ; plus un nombre égal de patelles et de couteaux.

A l'intérieur des trois cercles quatre poulpes gouvernent une grande coquille couronnée de homards à la sauce barcelonaise, chacun d'entre eux offrant dans sa pince une petite corbeille de salicoques. Au centre de la coquille se tient, dans la position de la *Naissance de Vénus*, un grand esturgeon aux petits lards cuit dans un bouillon de poule.

Massacre de saint Julien l'Hospitalier

Deux sangliers dans une attitude de sphynx style Frémiet portent sur leur tête un grand plateau, sur lequel se trouvent six porcelets garnis de macaronis et assaisonnés avec du fromage, du poivre, du cervelas et de la moelle de bœuf. Chaque porcelet est coiffé d'un chapeau recouvert d'omelette sur laquelle se vautrent des lapins à la mauresque avec des écorces de citron vert, lesquels tiennent entre leurs dents de petites branches où sont embrochés des cailles à la bolognaise, des pigeons grillés, des faisans à la crème à la pistache, des perdrix au coulis de pois chiches, des bécassines à la grassoise et des tourterelles froides à l'orange.

Le Mont des douze desserts

Le mont est constitué ainsi :

Pentes : beignets aux poires, tarte à la turque, cannellonis et ricotta ; première couche : mousse de riz doux, œufs à la crème de marrons, garnie d'amandes ; deuxième couche : tarte aux fraises, millefeuilles, crème au café ; troisième couche : mousses blanches au cédrat, pudding mixte à la crème Chantilly ; au sommet : grande tour de choux à la crème aux fleurs de violette Ascalaphe.

Le Jardin de Salomé

Une statue de la fatale danseuse tient une corne d'abondance contenant des melons, des papayes, des goyaves, araucabas, pastèques et pistaches. Au cou, des diadèmes de griottes, à la taille, des oranges du Portugal, sur sa tête, une couronne d'ananas. A ses pieds, un tapis de raisins et de noix de coco. Autour de son piédestal font cercle quarante têtes décapitées de Baptiste en crème pâtissière, chacune saignant d'une gelée de fruits différente.

— Extraordinaire, dit le diable.

— Vous croyez ?

— Absolument extraordinaire.

— Oui, ce n'est pas mal, concède Ouralphe, pour des commerçants en produits d'outre-mer qui devront en parler toute l'année. Mais vous, je vais vous faire goûter quelque chose de spécial.

Le diable bat des mains, lesquelles étant un tantinet onglées résonnent comme des fourchettes.

— Par où commence-t-on ?

Ouralphe lui tend un bouillon sombre et huileux sur lequel flotte un radeau en croûton.

— Soupe de tortue malgache, *façon Ouralphe*. La cuiller du diable monte et descend en lançant des éclairs à la lumière de la chandelle.

— Exquise !

— Vous croyez ?

— Absolument exquise. Et ce premier plat vous accuse déjà. Vous vous attirez des compliments avec le cadavre d'une pauvre tortue, peut-être mère, peut-être veuve, peut-être veuve de tortue morte d'un bouillon analogue. Vous vivez de crimes.

— Je ne me sens pas plus cruel que la nature, répond Ouralphe. Vous connaissez la vie des tortues malgaches ? Elles vivent cent ans et pondent tous les dix ans. Pour déposer leurs œufs, elles traversent l'océan jusqu'à une île qui s'appelle Malchancha. Là, des mouettes les leur mangent, les indigènes les leur volent, la pluie les fait pourrir. Tous périssent : un sur mille, peut-être, éclôt. Et les pauvres tortues retraversent l'océan en rêvant à leurs bébés tortues perdus, et ainsi, toute leur vie, jusqu'à ce que la mort les cueille dans leur cercueil naturel de plaques cornées. Vous pleurez ?

— Non… C'est la soupe, elle est relevée. Vous croyez que Belzébuth peut pleurer pour un bébé tortue ?

— Non, et Dieu pas plus que vous, Notre Seigneur, premier chef du Cosmos. Voyez-vous, j'ai une suggestion à faire pour le Jugement dernier. Quand arrivera le grand ange avec son sabre et sa casquette d'ordonnance, tonnant : "Ouralphe, le Seigneur a quelque chose à te dire", je répondrai : "Non, c'est moi qui ai quelque chose à Lui dire ! Moi, Gaspard Bénédict Ouralphe, je demande à ton employeur où il était pendant toutes ces années de peste, de tremblements de terre et de guerres insensées, alors que nous, bon an mal an, nous étions là pour faire tourner la boîte." D'accord, l'addition doit être payée par celui qui consomme, mais un mauvais chef doit être licencié. Au lieu de ça, Lui, Il juge de là-haut, d'où, depuis mille huit cents ans, il se venge de nous pour ne pas être mort dans un sofa.

Le diable avale de travers la soupe et les croûtons.

— Monsieur Ouralphe, vous blasphémez de façon inouïe !

— Vous croyez ?

— Vous aggravez votre cas !

— Je dis seulement la vérité. Nous, les chefs, sommes toujours sincères. Et savez-vous ce qui vous attend ?

— Non.

— Des cailles ! *Cailles à la négresca : désossées et remplies de moelle, parmesan, jaune d'œuf et crème, puis plongées dans la sauce de truffe noire.*

Ouralphe enfile sept petites cailles déjà braisées à la broche et les met sur le feu. Il souffle sur la flamme et dit avec tristesse :

— Ce matin vont venir ici les pires marchands de France, trafiquants d'esclaves, affameurs des pauvres gens, saccageurs de plantations. Presque tous fervents catholiques ; et pourquoi ont-ils agi ainsi ? Pour le progrès de la civilisation et la plus grande Gloire de Dieu !

— Je vois le genre. Quel vin conseillez-vous avec les cailles ?

— Moncet-Deprenelle 1872.

— L'année de la mort de Théophile Gautier.

— Un de vos clients ? Dites-moi.

— Merci, vous avez situé le problème. Le premier chef, comme vous l'appelez, depuis un certain temps, Il a pris l'habitude de m'envoyer, moi…

— Toujours ?

— Pas toujours. De temps en temps Il descend en personne pour retirer juste ce qu'il faut de saints et de pastourelles sexophobes qui lui serviront à garder le Paradis habité. C'est si vide là-haut, si vous voyiez… C'est comme… un grand hôtel en basse saison. Vous saisissez ?

Les cailles acquiescent de conserve, faisant tomber leur petite tête en avant au rythme de la broche.

— Il sait que si c'est moi qui me présente, personne ne proteste. Vous avez tous quelque compte en souffrance.

— Et vous encaissez… Mais dites-moi, l'Enfer, comment est-ce ?

— Vous, comment l'imaginez-vous ?

— Avant tout, selon moi, personne ne mérite l'Enfer. De toute façon, je vois ça plus ou moins comme un endroit où se tiendrait chaque jour un banquet d'importateurs d'outre-mer qui mettraient du parmesan sur les cailles et la cendre de leur cigare dans les sorbets…

— C'est ça plus ou moins, dit le diable, le bec ouvert comme un moineau. Vous me versez encore un peu de vin ?

Ouralphe prend les petites cailles rôties et les jette une à une, plouf, dans une cuvette. Elles en sortent enrobées de chocolat. Le diable en goûte une et dit :

— Exquis.

— Vous croyez ?

— Absolument exquis.

Le diable tape dans ses mains, et une des petites cailles se ranime, se secoue, se débarrasse de la mousse puis commence à voler dans la pièce. Ouralphe applaudit.

— Bravo !

— Entre artistes… répond évasivement le diable.

— Vous dites juste, mon cher diable. Entre artistes. Et c'est vous, précisément, qui m'accusez du péché d'orgueil ! Mais existe-t-il un art sans excès ? Ce que nous appelons mesure, n'est-ce pas la pantoufle que nous chaussons après un long voyage de visions ? Existe-t-il une langue sans métaphores, un repas sans piment, un diable sans ses crocs ?

— Doucement, doucement… L'art, c'est aussi la simplicité.

— La simplicité est l'affectation du siècle, dit Ouralphe. Et maintenant, ma *Langouste à la Mérimée* : langouste corse, fière comme Colomba, mise à bouillir vivante puis assaisonnée avec son propre jus : œufs, déjections et sueur. La mer qui était à l'intérieur et hors d'elle. Une perfection sans égale.

— Exquise, dit le diable.

— Vous croyez ?

— Absolument exquise.

— Eh bien, croyez-vous que par les temps qui courent quelqu'un les apprécie ? que les importateurs d'outre-mer fassent la différence entre une langouste et un homard, un mâle et une femelle, entre *regius* et *vulgaris* ? Non ! Leur prophète est Versier.

— Aïe ! dit le diable en jetant un déchet de pince et en demandant une gorgée de Vermentino, et voilà l'envie.

— Oui, Versier ! Cet ex-boucher. La "cuisine nabab", comme ils se plaisent à la nommer. C'est de sa faute si je dois construire ces baldaquins de tripes, ces partouzes de goûts, ces empilages sans éros. Peu importe la qualité, ce qui leur importe est qu'il y en ait trop. Un grand bazar sans pain. L'Occident mange sur la terrasse et, en bas, le tiers-monde attend les restes. "Le meilleur condiment d'un repas est la faim des autres" : cette phrase est de Versier, textuellement. Il cuisine pour les profiteurs !

Le diable rit et finit la bouteille de vin désormais brûlé. Il en débouche une autre avec l'ongle de son petit doigt.

— Allez donc voir un repas chez Versier, dit Ouralphe qui se fâche et prend la couleur de la langouste. Des marécages de mayonnaise pour masquer les saveurs. Des porcelets habillés en chérubins. Des divinités égyptiennes avec des têtes de veau. Des canons qui tirent des canards farcis. Des sangliers remplis de fœtus de faisans et de métastases de châtaignes. Pâtés avec les armes et les initiales des convives. Asperges tricolores. Cervelles de singes, poussins de flamants roses. Horreur, horreur encore, et horreur sans nom !

— Voilà qui plaît aux riches d'aujourd'hui et de tous les temps, dit le diable en faisant des moulinets avec sa fourchette, et les portes de l'Enfer sont suffisamment larges pour tous les ventres. Qu'est-ce qu'il y a après ?

— Une oasis de fruits, dit Ouralphe, avant les desserts. *Ananas en gélatine impériale, aux fleurs d'Awankata et à la sauce de coco avec fruit de la passion confit.*

— Exotique, dit le diable, en attaquant.

— Exotique oui, mais doucement ! Il suffit que quelque chose vienne des Antilles, de la Guadeloupe, et vous voilà tous en train de saliver.

— Et de Pétique, qu'en pensez-vous ?

— Cet orfèvre manqué, grogne Ouralphe, lui et sa nouvelle cuisine. Petits détails. Portions pour couvents de sœurs naines.

— En somme, vous ne l'aimez pas.

— Je le déteste ! Lui, on peut dire qu'il est faisandé par l'esthétisme. Ses plats mortuaires. Un hareng mort entouré de deux cornichons fossoyeurs. Risottos avec hémorragies de fraises.

Résumés de canard, synecdoques de poulet, un grain de maïs pour logos. Et ces rapprochements, amer et balourd, acide et salé. Ces petits oignons insignifiants élevés au rang du Verbe ! Loin de moi ce calice ! Allons, goûtez-moi cette grenade.

— Exquise.

— Vous croyez ?

— Absolument exquise.

— Bien. Vous voyez ce petit trou, en haut ? C'est une injection de miel. Cinq gouttes. Comme ça, le goût aigrelet est devenu parfumé. Etonné ? Et votre soupe de tortue…

— Oui ?

— Ce n'était pas de la tortue. C'était du lard et du chou auvergnats… Encore étonné ? Les cailles étaient des cailles et la langouste de la langouste, mais les sauces, c'est moi qui les ai inventées ! Et ce gâteau, c'est une recette que j'ai trouvée dans Balzac, et ce n'est qu'un millième des moyens par lesquels je pourrais vous étonner… Et sans soufre, sans sabots !

— Oui, d'accord, mais… dit le diable chancelant après son vingtième ballon de rouge.

— Goûtez ce *Sorbet au citron*. Et rappelez-vous que ma cuisine est le produit de toute une culture. Les grands chefs du passé, le goût de la terre de France, ses poètes, leurs rêves. Mes cailles n'en finissent pas de voler, et mes truites de nager. Tout reste vivant, puisque, dans une invention, rien ne meurt ; tandis que richesse et indifférence éteignent tout, grand Dieu !

Ouralphe s'écroule sur une chaise, lui aussi à moitié ivre.

— Je voudrais dire que… bredouille le diable.

— Prenez d'abord de ces *Biscuits aux noisettes des pères de Saint-Verres avec de la crème d'œuf d'oie à l'armagnac*. Et sachez que dans ce *Grand Océan* et ce *Jardin de Salomé* il n'y a qu'un dixième de mon art. Mais si vous veniez un de ces jours dans ma cuisine, vous verriez ! Vous verriez les rougets de Manet s'enflammer dans un flot de tomates méditerranéennes. Et mes huîtres défier l'éternité embaumées dans de la gelée comme dans un aquarium de Laforgue. Et mes salades flamandes, et mes pommes de Cézanne. Et moi, je sais faire des poissons naturalistes à la Bonvin, mais aussi des raies et des requins surréalistes, et des harengs saurs et des morues électriques et des baleines en trompe-l'œil. Vous comprenez ?

— Vous êtes ivre, dit le diable, suant comme s'il était chez lui. Qu'est-ce que vous mettez dans mon assiette ?

— *Truffes aux braises avec citrons et petits haricots agrémentés d'anchois*. Oui, j'ai cru en tout cela, dit Ouralphe en montant sur la table, et c'est pour cela que je suis condamné. Je sais : ce n'est pas mon art qui est scandaleux, c'est ma vie. Ce ne sont pas les œuvres des artistes, mais leur vie, qui pourra dorénavant être scandaleuse. Ne renversez pas les truffes sur votre manteau. Buvez !

— Exquis, dit le diable dans un filet de voix chargé d'un flot de porto.

Un bouton de son pantalon explose, tel un coup de crapouillot.

— Et vous, maintenant, vous venez me chercher… Versier et Pétique ne vous scandalisent pas… C'est moi que vous voulez parce que moi, je ne suis pas hypocrite… Parce que j'ai encore des idées dans la tête, pas des fraises des bois. Vous m'entendez ? Goûtez ! *Mousse à la pistache. Sorbet à l'anis. Pommes cuites au rhum blanc.*

Ni mousse, ni pommes, ni sorbet. Le diable avait baissé la tête. Sa queue sortait sans dignité de son pantalon. Peu de temps après il commença à ronfler. Et pas un ronflement ordinaire. C'était comme si la terre avait été sur le point d'exploser, puis avait retenu son souffle et aspiré l'océan en son centre, pour le vomir ensuite. Tout le restaurant vibrait. Les têtes de cochon s'écroulèrent et dégringolèrent en rebondissant, les fruits roulèrent un peu partout, la gelée trembla et précipita en avalanche. Et quand le diable expirait, il exhalait une bouffée infecte d'air chargé d'ail et d'âmes perverses, propre à brûler tout ce qu'elle rencontrait sur son passage. Et qui carbonisa la moitié de la nappe flamande, les rideaux et le tapis.

Il dormit jusqu'à midi, toujours avec ce vacarme de locomotive. Quand il s'éveilla, il vit Ouralphe qui battait des jaunes d'œuf en sifflotant.

— J'ai dormi, dit le diable d'une voix plaintive.

— Vous croyez ?

— Absolument et savoureusement. Quelle heure est-il ?

— Midi pile.

— Nous sommes en retard, allons-y…

— Vous savez que je ne vous suivrai pas, dit Ouralphe en souriant.

Le diable rentra sa queue dans son pantalon et poussa un gémissement.

— J'ai fait partie des Lycanthropes, secte diabolique qui se réunit la nuit de chaque vendredi au Père-Lachaise, sur le tombeau de Delacroix, dit Ouralphe. Et je sais la règle selon laquelle :

Si le diable chez vous s'en vient et s'assoupit
Pendant dix ans ensuite il accorde répit.

— Vous avez raison, diabolique personnage, dit le diable en se levant péniblement, vous m'avez séduit, ensorcelé, bourré de protéines et de sucres. Je reviendrai dans dix ans.

— Alors, j'ai possédé le diable ? demande Ouralphe.

— Peut-être, réplique ce dernier en ricanant. Ou bien peut-être le diable s'est-il tapé la cloche gratuitement dans le plus beau restaurant de France.

— Ce n'est pas encore mon heure ?

— Qui peut le dire ? répond le diable. Nul n'a une pendule suffisamment grande.

Peu après, les premiers importateurs ventrus franchirent le seuil du restaurant Bonbour. Un chien noir s'échappa entre leurs jambes, à vive allure. Alors qu'ils allaient s'asseoir, l'un d'entre eux nota que le chien, en arrêt en haut des marches, les regardait d'un regard étrange. Vorace, aurait-on dit.

Ouralphe entra. Son chapeau de chef lui allait comme une couronne. A ses côtés se trouvait son fidèle Ascalaphe, brandissant un tire-bouchon. Derrière eux un peloton de vingt loufiats impeccables.

— Messieurs, dit Ouralphe en consultant sa montre, dans dix minutes nous commencerons à servir l'apéritif. Tant mieux pour ceux qui sont là. Et que les autres aillent…

Le récit du chien noir

LE VER DISICIUS

En royal manteau blanc tout luisant, onde et flamme : c'est la Mite.

PAUL VERLAINE

De tous les animaux qui vivent entre les pages des livres, le ver disicius est certainement le plus nuisible. Aucun de ses collègues ne l'égale. Pas même la punaise majophage, qui mange les majuscules, ou le pas-de-mule, petit hyménoptère qui se nourrit de consonnes redoublées, avec une préférence pour les *m* et les *n*, et est gourmand de mots comme *canonnière* ou *mammaire*.

Plutôt fastidieux est le termite de la ponctuation, ou termite de Dublin, qui, rongeant les points et les virgules, provoque la fameuse période torrentielle, délice et calvaire du prote et du critique.

Très rare est l'araignée univerbe, ainsi nommée parce qu'elle ne se nourrit que du verbe *ester*. Cette araignée ne se trouve désormais que dans de vieux textes de droit, car ledit verbe est tombé en désuétude, et les rares exemples qui réapparaissent sont décimés par l'araignée.

Je voudrais citer encore deux biblio-animaux plutôt communs : la puce du subjonctif et le moucheron apocopal. La première mange toutes les personnes du subjonctif, avec une préférence pour la première du pluriel. Certains articles de journaux, qui semblent bourrés de fautes de grammaire, ont en fait été dévastés par la puce du subjonctif (c'est du moins ce que disent les journalistes). L'apocopal absorbe les phonèmes à la fin des mots (télé, ciné, vélo). Au XIXe siècle il n'en existait que de rares exemplaires, mais aujourd'hui l'espèce tend à se développer.

Mais, comme nous le disions au début, de tous les biblio-animaux le ver disicius ou ver troqueur est sûrement le plus nuisible. Il sévit le plus souvent vers la fin des récits. Il prend un mot et le met à la place d'un autre, puis pose ce dernier là où se trouvait le premier. Des déplacements minimes : quelquefois, il lui suffit de déplacer à peine trois ou ver mots, mais le résultat est logique. Le récit perd totalement son caractère dévastateur, et c'est seulement après une enquête méchante qu'il devient possible de le reconstituer comme il était avant le souhait du ver disicius.

Ainsi le ver agit pourquoi, est-ce par instinct (en raison de sa nature poussée) ou par haine de la littérature, nous ne le pouvons pas. Nous ne savons qu'exprimer ce passage : qu'il ne nous arrive jamais de tomber sur une page ayant reçu la visite du quatre disicius.

Le récit du marin

MATU-MALOA

> *Quelques semaines plus tard, le commandant mit le cap de son invincible bateau sur Valparaiso. Il fut arrêté en route par un cachalot corpulent qui sollicita quelques moments d'entretien confidentiel avec lui.*
>
> HERMAN MELVILLE

Que je boive de l'eau salée pendant mille ans, que je ne touche plus le bois d'un navire et meure en tombant d'une chaise à bascule si ce que je vais raconter n'est pas vrai, aussi vrai que je m'appelle Jim Guinéa.

Je le jure sur l'Enfer : en quarante années de navigation je n'ai jamais rien vu de semblable à ce qui arriva au capitaine Charlemont.

Il y a des années, je me trouvais dans le port de Cape Heat, en Afrique du Sud. J'étais de retour d'une campagne fort agitée sur une baleinière américaine, la *Holy Moses*. Une année de tempêtes, d'hommes à la mer et de baleines rosses comme des prédicateurs. Qui plus est, j'avais perdu une oreille en bavardant à coups de rasoir avec un second maître. Et c'est pourquoi je suis allé chez un Chinois qui tenait tout le port sous sa coupe, lui demandant un embarquement un peu tranquille.

— Il y en a un où tout baigne dans l'huile, me dit le Chinois en riant. Mais tu devras t'acheter un nouveau costume.

Il m'expliqua tout. Le navire en partance était *La Fidèle*, une goélette neuve, astiquée, un petit bijou. Elle transportait des plantes rares et des animaux pour les jardins zoologiques. Son commandant était un gentilhomme anglais, le capitaine Charlemont. Un étrange capitaine, selon le Chinois. Il emportait à chaque voyage une garde-robe complète. Sa cabine, au dire de ceux qui l'avaient vue, était plus belle que celle de l'amiral Queiray, avec des étoffes précieuses, des tableaux de maîtres, et deux statues de Neptune en ébène de Polynésie qui servaient de colonnes à son lit à baldaquin.

Le navire était entièrement fait de bois précieux, chaque poutre, chaque clou, chaque tubulure étincelait. Le cuisinier était français, les officiers en second avaient été choisis parmi les descendants des familles les plus illustres de la Marine royale, et la paie des marins était de trois cents guinées à l'embarquement, le double de la normale. Mais un tel luxe n'était pas donné à tout le monde : le capitaine voulait des marins dignes de *La Fidèle*. Il les voulait grands, d'allure fière et élégante. Son équipage devait plus ressembler à un régiment anglais qu'à une de ces confréries de mines patibulaires que les ports tropicaux connaissent bien.

— Pour trois cents billets, dis-je au Chinois, je suis prêt à suivre des cours de bonnes manières et à dormir à côté d'un baril de rhum sans y toucher.

C'est ainsi que je suis allé chez un coiffeur qui a arraché ma barbe de six mois ; que j'ai lié ma natte avec un ruban jaune, et caché mon oreille mutilée sous un couvre-chef en laine. Cette nuit-là, j'ai rencontré deux marchands français et, la pointe de mon couteau sur leur gorge, je me suis aimablement fait prêter le pantalon de l'un et la veste de l'autre. Je ne me suis pas regardé dans la glace, le lendemain matin, avant d'aller vers le môle. Mais je devais être vraiment beau garçon, car tous les passants se poussaient du coude et se retournaient sur mon passage. Quand je suis arrivé en vue de la file pour l'embarquement, j'ai eu un choc : devant moi il y avait deux de mes ex-compagnons de baleinière. Ils s'appelaient Buck Shan et Victor Fernandez, et je vous assure qu'ils auraient pu voler n'importe qui en fronçant seulement les sourcils, vu leur sale bobine.

Eux aussi avaient cherché à améliorer leur aspect. Buck Shan, un Noir de deux mètres environ, s'était procuré un haut-de-forme gris et une redingote bleue qui lui arrivait plus ou moins à mi-cuisse. Fernandez avait volé des bottes de soldat et arborait un gilet en cuir à ramages sur une chemise qui, à l'origine, avait dû être en soie blanche. Ils fumaient la pipe d'un air satisfait et crachaient par terre comme de vrais gentlemen. Dès qu'ils me virent ils éclatèrent de rire, au moins autant que moi en les voyant. Les gars, qu'est-ce qu'on ne ferait pas pour trois cents guinées !

Nous attendîmes un peu que la file avance et, voyant les visages sombres de ceux qui rebroussaient chemin, nous comprîmes que le capitaine était vraiment très exigeant. Notre tour arriva enfin : le voici face à nous, le capitaine Charlemont, entre deux officiers minuscules, brillants et satinés comme des colibris. Le capitaine, lui, ressemblait à un grand phoque, entièrement vêtu de cuir noir, avec un chapeau surmonté d'une plume verte et des gants qui lui arrivaient au coude. Son visage était blanc comme celui d'un noyé, encadré par de longs cheveux blonds, des moustaches fines et soignées, et une barbiche retroussée si bien taillée que ça vous donnait envie d'y suspendre votre veste. Il ressemblait à un tableau de musée, comme celui que j'ai vu, une fois, à Cuba. Il écrivait nos noms en faisant s'agiter une plume d'oie sur le registre de bord, et de temps en temps il puisait du tabac dans une tabatière d'huître katan. Les voilà bien, les gentilshommes anglais !

Le premier qui se présenta devant lui fut Fernandez.

— Nom ? demanda le capitaine.

— Victor Hemanuel Fernandez.

— Monsieur…

— Oh non, si seulement j'étais un monsieur, mais je ne suis qu'un pauvre marin…

Petits rires des officiers colibris.

— Le capitaine, expliqua l'un d'entre eux, veut dire que tu dois l'appeler monsieur, tête de mule…

— Bien, monsieur tête de mule.

Fernandez n'était pas un modèle de savoir-vivre, mais il était éveillé.

Le capitaine Charlemont le toisa de haut en bas, puis demanda :

— Quel a été ton dernier embarquement, marin ?

— La *Holy Moses*, monsieur. Une baleinière, monsieur…

— Et quel était ton travail ?

— Je coupe, monsieur.

— C'est-à-dire ?

— C'est-à-dire, monsieur, que quand la baleine est prise et tirée à bord, monsieur, on lui enfile une belle scie dans le trou du cul, monsieur, et qu'on lui fait rendre son semblant d'âme et sortir les tripes, monsieur, jusqu'à ce qu'elle ne soit plus que de l'huile et du bifteck, monsieur.

Beau parler coloré, gentleman Fernandez. Charlemont fronça légèrement ses sourcils bien dessinés, et se mit à toiser le découpeur.

— Tu ne serais pas tatoué, par hasard ? Je ne veux pas de marins décorés avec des obscénités dans mon équipage…

— Oh non, monsieur, c'est-à-dire, presque rien, monsieur.

— Déshabille-toi et fais voir.

Fernandez ôta sa chemise en poussant un soupir. Sur son thorax était dessinée une sirène, avec deux beaux tétons d'abordage ; sur un bras, un dragon à trois têtes dont chacune crachait des grossièretés en chinois, malais et malgache ; sur l'autre bras, un chapelet de Mary Ellen et Mary Ann avec des petits cœurs transpercés et, pour finir, plus bas, une baleine dont l'œil se confondait avec le nombril de l'homme.

— Refusé. Au suivant, dit le capitaine.

Fernandez ne se désespéra pas : il faucha la tabatière et disparut.

Au tour du gentleman Buck Shan.

— Ton nom ?

— Buckingham Shan, monsieur.

— Dernier embarquement ?

— La *Holy Moses*, moi aussi, monsieur.

— Et quel était ton travail ?

— Harponneur. Quand la baleine était à ma portée, je faisais mon devoir, monsieur, et je lui mettais mon harpon juste là où on m'avait ordonné de le mettre, monsieur.

Quand Buck le veut, c'est un vrai dandy.

— Et qu'est-ce que tu sais faire d'autre, sur un bateau ?

— Tout ce que le diable sait faire, monsieur, je veux dire tous les boulots petits et grands qui me sont commandés, monsieur ; s'il s'agit de laver le pont c'est d'accord, s'il s'agit de monter sur la hune ou de cuisiner, Buck ne rechigne pas, s'il faut prendre la barre, j'arrive, si on m'ordonne…

— J'ai compris, j'ai compris, dit Charlemont.

On l'entendit chuchoter au premier officier : “Il a un beau physique, habillé et coiffé il aura belle allure.”

— Embarqué, dit finalement Charlemont.

— Merci, monsieur, dit Buck et, passant près de moi dans la file, il me fit la nique.

Mon tour venait.

— Ton nom, marin ?

— Jim Guinéa, monsieur.

— Etrange…

— Je suis orphelin, monsieur… Je n'ai connu ni père ni mère… Mais je suis né en Guinée et c'est tout ce que je sais, monsieur.

— Nous n'exigeons pas de vicomtes parmi les marins, mais tout de même… Bah ! montre-toi… Ton dernier embarquement. Ne me dis pas que toi aussi…

— Si, monsieur.

— Egalement harponneur, je parie… Bien, mais nous ne pêcherons pas la baleine, avec *La Fidèle*… Et j'imagine que tu ne sais pas faire autre chose que mener ta barque…

Petits rires des damoiseaux. Mais de quel genre de gens s'agit-il ? Je décide de jouer le tout pour le tout.

— Je m'y connais aussi en plantes et en animaux, monsieur le capitaine.

— Tu parles sérieusement ?

— J'ai été élevé par un sorcier de la tribu Anamande qui m'a appris tout ce qu'il savait…

— Hum ! Cela changerait tout… Mais je ne sais pas si je dois te croire.

— La plume de votre chapeau est une plume d'ororoko, monsieur… un oiseau qui pond ses œufs tous les sept ans.

Charlemont et ses damoiseaux se consultent et opinent du chef. Engagé !

Eh bien, ils sont vraiment stupides. On peut avoir sillonné les mers du Sud sans jamais avoir rencontré de plume d'ororoko. Pour ce qui est des œufs tous les sept ans, j'avais tenté le coup, et ça avait marché. Que le diable me fasse mourir de soif si je sais combien d'œufs pond ce maudit oiseau !

Nous partîmes un matin de juin. Nous étions alignés sur le pont. Le capitaine nous avait fait raser et coiffer. Nous avions des bottes et des bonnets neufs, et une veste bleue avec l'inscription *La Fidèle* en lettres d'or. Jamais vu une horreur pareille sur un bateau ; sur le quai les marins se tordaient de rire et nous envoyaient des baisers. Quelle honte ! Mais pour trois cents billets, je peux même m'habiller en pingouin.

Le capitaine Charlemont se présenta en grand uniforme avec ses médailles et son coupe-choux. Il nous contrôla un à un, ajustant les cols et les boutons. Une vraie nounou ! Puis il s'assit sur un petit fauteuil, le coude posé sur une cravache en narval.

— Marins, nous dit-il, je sais que vous êtes habitués à la discipline. Mais ce que je vous demande, sur ce bateau, ce n'est pas que de la discipline… C'est du style ! Je veux vous voir toujours impeccables, même au milieu de la tempête. Il n'existe aucun océan qui puisse faire oublier à un homme qu'il est un gentleman ! *La Fidèle* est le plus beau navire de la compagnie Smithson. Elle est connue dans tous les ports du monde pour son élégance, et nous saurons maintenir bien haut sa renommée. Nous transportons des plantes et des animaux rares pour le jardin botanique de Londres. Inutile de vous dire que tout ceci demande une délicatesse et un soin bien supérieurs à ce qui est nécessaire pour équarrir une baleine. Et pour ce faire, vous devrez être dignes de *La Fidèle*. Gare à vous si l'idée vous venait de reprendre vos habitudes de marins, les bravades, les jurons et les plaisanteries obscènes. Sur ce bateau, rien n'arrivera qui ne puisse arriver dans un salon anglais. Telle est ma devise ! Et maintenant, partons. Pour la gloire de *La Fidèle* et pour trois cents guinées !

L'allusion à la solde effaça à peine les grimaces. Des types qui avaient subi des tempêtes et des abordages, une main armée d'un couteau et l'autre agrippée à un hauban, n'étaient certainement pas enchantés à l'idée de voyager dans un salon anglais.

Nous décidâmes de le prendre à la rigolade. Sur le pont, on pouvait entendre des propos de ce genre :

— Le gentleman Shan me fera-t-il l'insigne honneur de bien vouloir enlever sa grosse patte de singe de ma drisse, de sorte que je puisse hisser la voile ?

— Je vous en prie, gentleman Guinéa, et que le diable vous engloutisse, vous et votre amabilité.

— Le très fils de pute gentleman Macaulay voudrait-il bien cesser de cracher contre le vent sa salive qui pue le tabac, à telle fin que mon uniforme ne soit pas souillé ? En effet, s'il ne cessait pas, ma main pourrait bientôt venir caresser sa remarquable denture…

— Auquel cas, gentilhomme, rien ne m'interdirait d'éprouver la dureté de ce splendide seau sur votre très excellente tête de bâtard…

C'est ainsi que *La Fidèle* s'éloigna du port pour aller vers l'aventure. Nous étions encore dans le golfe quand un homme aux grands yeux exorbités sortit de dessous le pont, tout de noir vêtu. Très poliment, il se présenta à chacun de nous, l'un après l'autre. Il dit s'appeler M. Gwiskard, être le conseiller scientifique pour ce voyage, et souffrir terriblement du mal de mer. En raison de ses yeux exorbités et de son teint verdâtre on le surnomma immédiatement "Gecko". Et c'est avec cette dernière surprise que nous gagnâmes le large, tandis que Charlemont, à l'arrière, prenait le thé.

— Bien ! soupira le philosophe du bord, le Hollandais Huysmans, attendons avant de nous désespérer. Il n'en donne pas l'impression, mais c'est peut-être un bon capitaine.

Huysmans se faisait des illusions. Après quelques jours de navigation, nous autres les marins, nous nous demandions bien qui avait pu apprendre à diriger un navire au capitaine Charlemont. On avait l'impression qu'il avait peur d'user son bateau. Il ne naviguait qu'avec un vent de trois ou quatre nœuds, et la moitié des voiles. Dès que se levait un bon vent qui aurait pu lui permettre de vivre sa vie, il conduisait *La Fidèle* à l'abri dans quelque rade et attendait que le vent tombe. C'est ainsi que, pour aller du golfe de Guinée aux îles Bijagos, il nous fallut le double du temps nécessaire. Mais cela ne semblait pas intéresser le capitaine : ses seules préoccupations se portaient sur notre uniforme, les cuivres de la goélette, et les cérémonials de lever des couleurs. Pour calculer la route, ses officiers colibris et lui mettaient des matinées entières, alors que nous le faisions tout de suite, à vue d'œil, tant nous naviguions près des terres. La nourriture était décente, les quarts étaient commodes, mais on risquait toujours d'être punis pour un juron ou un col mal mis. Un marin grec reçut vingt coups de fouet parce qu'il avait été surpris à étendre ses bas sur un hauban.

En juillet nous arrivâmes en vue des îles Cabo Roto. Le capitaine Charlemont accosta à Hugue Bay après une manœuvre qu'un mousse aurait exécutée avec plus d'adresse. Mais sa descente en grand uniforme, avec les colibris à ses côtés et Buckingham qui tenait l'ombrelle, resta dans les légendes locales pendant des années.

L'île était habitée par la tribu des Cabu, dont le chef était Mahu Cabu, un de mes vieux amis. Comme je connaissais la langue cabu, nous négociâmes avec lui pour emporter des plantes rares. Avec Gecko, nous nous rendîmes dans la jungle et nous arrivâmes dans un vrai paradis naturel. Gecko désignait chaque plante par un nom latin, et moi, je lui racontais les légendes que j'avais entendues. Je lui ai raconté que l'ourogoro est une plante carnivore, mais qui ne mange que les animaux malades. Pour connaître leur état de santé, les indigènes passent devant la plante et approchent une main. Si l'ourogoro l'emporte avec ses crocs, c'est mauvais signe. Je lui ai dit que la plante du pain ne donne qu'un fruit par an, mais si bon et si délicat que les oiseaux font la queue jusqu'à un mois à l'avance pour pouvoir le picorer. Et que l'hawazawai, broyé et bu pendant la pleine lune, transforme l'homme en bourdon. Et que le wama contient un aphrodisiaque si puissant qu'un seul pétale, effleurant le front d'une femme, la transforme en une tornade de plaisir.

Nous cueillîmes avec beaucoup de soin les plantes pour les mettre dans des grands vases et, le soir, il y eut un dîner en notre honneur sous la tente du chef Mahu. Nous, nous mangions comme quatre.

Le capitaine Charlemont, de son côté, faisait le difficile : il goûtait à peine à la nourriture et ne semblait en aucun cas reconnaissant de cette hospitalité. Le chef Mahu Cabu me dit de demander au capitaine où iraient ces plantes, dans quelle île et dans quel jardin. Quand le capitaine répondit qu'on les mettrait sous une cloche de verre, le chef Mahu fut contrarié et dit qu'il voulait rompre le contrat.

— Dis à ton sauvage, répondit le capitaine, que ce que nous avons jusqu'à présent demandé poliment, nous pouvons le demander avec les fusils.

Naturellement, je ne traduisis pas ces paroles méprisantes, mais je dis à Mahu que les plantes seraient traitées avec le plus grand soin, et seraient présentées aux enfants de notre île, qui n'avaient jamais rien vu de semblable.

Le chef Mahu hocha la tête d'un air sceptique. Puis il voulut savoir si le capitaine croyait que les choses ont une âme.

Le capitaine sembla plutôt fâché et ne répondit pas.

— La mer a une âme qui s'appelle Matu-Maloa, et vous la rencontrerez, dit le chef Mahu.

— Je ne veux pas perdre une minute de plus avec ces sauvages, dit le capitaine, qui se leva fort impoliment.

Nous regagnâmes le bateau. Au cours du trajet en chaloupe j'entendis Gecko critiquer fermement le capitaine, et celui-ci répondre avec colère :

— Il y a une chose dont je suis sûr. Entre la culture d'un gentilhomme anglais et ces stupides légendes, aucun accord n'est possible. La seule chose qui nous unit à cette mer est la richesse que nous pouvons en tirer pour la plus grande gloire de l'Angleterre.

La navigation suivait lentement son cours, et le capitaine devenait de plus en plus insupportable. Ses obsessions empiraient. Il astiquait lui-même chaque nuit les cuivres du pont. Dès qu'il voyait une crête d'écume, il se mettait à maugréer : "Quelle mer impossible, quel temps infernal !" comme si les vagues avaient dû aller à un rythme de mazurka pour bercer sa *Fidèle*. Il se mit à nous punir sous n'importe quel prétexte, un bouton mal mis ou une manœuvre exécutée, comme il le disait, "sans grâce".

J'avais été requis pour aider Gecko, et j'étais souvent sous le pont, dans la jungle humide cachée au cœur du bateau. Nous cherchions à soigner les plantes, dont certaines avaient déjà été abîmées par le voyage. Gecko convenait aussi que le capitaine était désormais "un cas clinique". Il passait des heures entières à jouer aux échecs avec les colibris, et, dès que le roulis du bateau le bousculait un peu, il fonçait sur le pont et s'en prenait au timonier. Nous ne voyagions plus que par temps calme, avec nos cols ridiculement empesés, sous la chaleur tropicale. Un soir, tandis que nous avancions très lentement sur une mer brûlante, Buck dit qu'il crevait d'ennui : il prit son ukulélé et se mit à chanter *Le Marin diminué*.

Les cannibales m'ôtèrent une jambe, à Hawaï,
Un requin me prit un bras, à Shangai.
La corde du harpon l'autre jambe emporta,
Mon œil, un salopard de pirate le creva.

Mary Mary, c'te fois je reviens vraiment,
Il manque quelques morceaux mais mon cœur reste grand,
Je serai ton petit marin, et toi ma douce moitié,
Près de toi je vivrai dans un panier d'osier.

Un piranha géant m'a arraché une couille,
Et l'autre a disparu dans un tripot des Pouilles.
Mes dents, j'les ai perdues, mes cheveux, ils m'ont quitté,
Et les puces de mer les oreilles m'ont rongé.

Mary Mary, c'te fois je reviens vraiment,
Il manque quelques morceaux mais mon cœur reste grand,
Je serai ton petit marin…

Le refrain fut interrompu par l'arrivée du capitaine Charlemont, blême de rage. Nous étions devenus fous pour chanter cette horreur sur *La Fidèle* ? Un navire anglais pouvait-il être le théâtre de telles obscénités ? Il prit l'ukulélé et le brisa contre la coque. Il cria qu'il en avait assez de notre indiscipline et que, si on voulait chanter, lui, il ferait chanter le fouet. Il restait là, menaçant, campé sur ses jambes écartées, quand le bateau fut secoué par un choc soudain, comme s'il avait touché un banc de sable. Le capitaine finit allongé par terre et, comme le pont venait juste d'être savonné, il parcourut la moitié du navire en glissant, tel un phoque sur la glace.

Personne ne réussit à ne pas rire, et notre rire fut accompagné par un bruit étrange et très aigu.

Le capitaine se leva furibond et ordonna de mettre Buckingham aux fers pendant trois jours. Il chercha à retrouver sa dignité de commandant en criant :

— Contrôlez avec la sonde... Il doit y avoir un banc de sable.

— Il n'y a pas de banc, dit Buckingham en riant, tandis qu'on l'emmenait, c'est Matu-Maloa, commandant.

— Emmenez ce maudit Noir, dit le capitaine.

On mouilla la sonde. Il y avait six cents pieds de fond. Quelle que soit la chose que le navire avait rencontrée, ce n'était certainement pas un banc.

Cette nuit-là, j'étais de garde. La lune éclairait la mer à des milles de distance. C'était une nuit où, comme avait l'habitude de dire Buckingham, “même les fiancées laides deviennent belles”. J'étais en train d'en parler avec Gecko ; dans le silence de la mer, on n'entendait que la complainte vaudou que Buck chantait dans sa cellule.

A notre surprise, nous vîmes le capitaine Charlemont monter sur le pont. Peut-être ne réussissait-il pas à dormir par cette chaleur. Il était sans uniforme, la chemise ouverte sur sa poitrine, et sa crinière blonde trempée de sueur. Sans doute son portrait n'eût-il pas été peint ainsi pour la galerie de famille ; mais plus d'une jeune Anglaise, en le voyant, aurait soupiré de désir.

Le capitaine resta longtemps absorbé, regardant la mer, tandis que le temps calme plongeait le cœur et l'âme dans une torpeur moite.

Il était deux heures. A un demi-mille à bâbord nous vîmes quelque chose d'étrange. La mer était ridée, comme si quelque chose de terrible l'avait effrayée.

— Tu vois ce que je vois ? ai-je demandé à Huysmans.

— Je vois, dit le Hollandais.

— Hé, vous autres, dit le capitaine, nous entendant chuchoter d'un air préoccupé, qu'est-ce qui vous arrive ?

— Je crois, capitaine, que j'ai vu une baleine, lui dis-je.

— Ah ! Ah ! répondit en riant le capitaine, vous me faites de drôles de marins ! Il n'y a pas de baleines sur cette route.

Pour une fois, c'était lui qui avait raison. Je n'avais jamais rencontré une seule baleine dans cette zone. Mais mon instinct de harponneur me disait que ce n'était qu'une tranquillité apparente. Et de fait, la mer bouillonna à nouveau et, juste devant nous, apparut la tête de Matu-Maloa. C'était le plus gros cachalot que j'aie jamais vu, au moins deux cents pieds de long. Sa tête était grise et rougeâtre, pleine de balafres et de protubérances, une vraie montagne tourmentée ; et sa mâchoire, telle une paire de ciseaux, aurait pu couper le navire en deux.

Son petit œil, à la surface de l'eau, scruta un instant le navire, tandis que nous avions le souffle coupé. Puis Matu-Maloa se tourna sur le côté et, vous le croirez si vous le voulez, fixa son regard sur le capitaine Charlemont. Et, au bout d'un instant, *il lui fit un clin d'œil* !

Le capitaine regardait d'un air terrorisé, tour à tour la baleine et nous. Il était clair qu'il n'avait pas la moindre idée de ce qu'il devait faire et, nous voyant immobiles, il restait immobile lui aussi. Matu-Maloa le regarda encore, donna un léger coup de queue puis *appela* le capitaine ; un son mélodieux, comme un violon du fond des mers. J'avais souvent entendu parler de la voix des baleines, mais c'était la première fois que je l'entendais.

— Qu'est-ce qui se passe, marins ? dit le capitaine Charlemont, reculant vers le centre du navire.

Matu-Maloa décrivit un arc de cercle avec sa queue, plongea, puis réapparut dans toute sa masse et fit un virage d'une très grande élégance, aspergeant à peine le navire d'un de ses jets d'eau.

Elle se mit ensuite à ramer avec sa queue, et fit émerger son corps de l'eau, comme les dauphins. Elle ressemblait à un rocher géant, plein d'algues et d'incrustations, avec les marques laissées sur ses flancs par les harpons. A cette vue le capitaine courut se terrer dans sa cabine. Matu-Maloa cessa immédiatement ses évolutions et disparut.

Peu de temps après le capitaine nous convoqua. Il était visiblement nerveux et tripotait fébrilement son épée en narval. Son uniforme était plutôt en désordre.

— Guinéa, Huysmans, dit-il, pouvez-vous m'expliquer le comportement de cette baleine ? Peut-être voulait-elle nous attaquer ?

— Certainement pas, dit Huysmans, me jetant un coup d'œil complice.

— Donc elle voulait... jouer.

— Dans un sens, oui.

— Dans quel sens... ?

— Eh bien, si je dois vraiment vous le dire, monsieur... La baleine était en chaleur.

Le capitaine Charlemont resta abasourdi.

— Vous voulez dire que...

— Sans nul doute... Je connais le chant d'amour des baleines, et leurs évolutions... Elles font ça quand elles sont amoureuses.

— Vous voulez dire... qu'elle est tombée amoureuse de notre navire ?

Huysmans et moi hésitions, perplexes.

— C'est plus ou moins ça... dit finalement Huysmans.

Il s'ensuivit un long silence. Puis le capitaine dit d'une voix très faible.

— Marin Guinéa... Cette baleine est un mâle ou une femelle ?

— Je l'ignore, monsieur, répondis-je.

Le lendemain, sur *La Fidèle*, la nouvelle qu'une baleine était tombée amoureuse du capitaine Charlemont se répandit en un rien de thon, si vous me permettez ce jeu de mots facile. Certains riaient, d'autres semblaient préoccupés : qui peut prévoir les intentions d'une baleine amoureuse ? Tout le monde était cependant d'accord sur un point : Matu-Maloa réapparaîtrait. Ce qui se produisit dans la soirée.

Le capitaine, très nerveux, était venu sur le pont et lançait des ordres dans toutes les directions. Il était pâle, semblait ne pas avoir fermé l'œil. Juste au moment où il criait quelque chose sur la position des vigies, le cachalot apparut en poupe. Il portait sur sa tête un grand panache d'algues vertes. Il nous regarda de son petit œil malin et commença à pousser des cris stridents, remuant çà et là sa grosse tête. Il singeait le capitaine !

Si Charlemont se déplaçait vers la proue en criant, il en faisait autant. S'il allait vers la poupe en trébuchant dans les cordages, la baleine faisait semblant de trébucher dans la mer, criait comiquement, et se retournait sur elle-même en secouant son panache d'algues.

Jusqu'à ce que le capitaine Charlemont, exaspéré, s'arrête, haletant, et crie :

— Maudit animal… Qu'attends-tu de moi ?

Pour toute réponse Matu-Maloa l'éclaboussa d'un de ses jets et se mit à crier d'un air amusé.

Le capitaine eut alors un coup de colère ; il sortit un harpon de la chaloupe et le lança vers la baleine. Naturellement, il entailla à peine le flanc du gros animal. Mais Matu-Maloa sembla très troublée par ce geste. Elle s'éloigna en faisant de grands sauts, puis se tourna, prit son élan, et se dirigea droit sur le navire. Nous hurlâmes de terreur, et déjà certains commençaient à préparer les chaloupes. Mais, à quelques mètres de *La Fidèle*, la baleine plongea, et nous sentîmes son dos rugueux qui grattait la quille. Quand elle sortit de l'autre côté, elle poussa un gémissement suraigu, d'amoureuse offensée, et disparut.

Ce soir-là un groupe de marins, quelques-uns d'entre nous, tint conciliabule dans la cambuse. Buckingham disait que nous étions en danger : la baleine ne supporterait pas d'être repoussée. Huysmans disait qu'il comprenait le point de vue de la baleine, mais aussi celui du capitaine : qu'aurait-il dû faire ? L'inviter à dîner ? Pour moi, je dis que jamais, dans ma vie de pêcheur de baleines, je n'avais vu chose semblable ; et que donc, la seule solution était d'attendre.

Cette nuit-là, la baleine revint. Tout le monde entendit sa sérénade au capitaine, et les hurlements de ce dernier, de colère d'abord, puis suppliants.

Elle revint toutes les nuits, continuant à suivre le navire sur la route vers les Hujangos.

Jusqu'à ce qu'un soir on s'arrête dans une rade pour faire le plein d'eau douce. Il n'y avait pas plus de vingt pieds de profondeur, mais la baleine vint aussi. Sa gueule était quasiment appuyée contre le navire. Elle chanta jusqu'à trois heures du matin, jusqu'à ce que le capitaine sorte de sa cabine. J'étais de garde et je pus entendre tout ce qu'il dit.

— Matu-Maloa, disait Charlemont à voix basse, essaie de comprendre ma situation : je fais partie d'une vieille et honorable famille anglaise. Les hommes de ma famille ont toujours et exclusivement épousé des femmes ayant au moins un quartier de descendance royale. Comment penses-tu que je pourrais annoncer mes fiançailles avec une baleine ? Je sais que tu es la reine des mers. Mais nos univers sont différents. Moi, je ne respire pas sous l'eau. Et toi, tu t'ennuierais au cricket. Je t'en prie, laisse-moi tranquille. Pense au scandale, si tout cela venait à être connu à Londres…

Matu-Maloa écouta et modula un nouvel appel d'amour en direction de son capitaine.

— Et puis, en fin de compte, je ne sais même pas si tu es un mâle ou une femelle. Entre nous, toute relation est impossible. Et encore une dernière chose : je suis fiancé.

A ces mots Matu-Maloa cessa de chanter. Elle tourna son immense tête sous l'eau, plongea en vrille et disparut. Nous ne la vîmes plus.

Le diable sait comment, nous étions parvenus à quelques jours de navigation de notre but. Le capitaine Charlemont n'était plus sorti sur le pont et avait abandonné le commandement à Huysmans. *La Fidèle* avait filé toutes voiles dehors et nous autres, de l'équipage, rêvions déjà à la manière dont nous dépenserions le plus rapidement et le plus inutilement possible nos trois cents guinées.

Alors que nous étions désormais en vue des côtes anglaises, le capitaine me fit appeler. Il était dans la serre, sur une chaise en osier, au milieu de cette jungle humide, dans une épaisse vapeur chargée d'odeurs de plantes vénéneuses et fourmillant d'insectes. Personne n'aurait reconnu en lui le parfait gentilhomme anglais qui était parti du port de Cape Heat. Il avait une longue barbe, ses cheveux étaient ébouriffés et, à la place de son uniforme, il portait une veste d'intérieur froissée. Il puait le rhum.

— Marin Guinéa, me dit-il, j'ai un pacte à te proposer. Vous devez jurer solennellement, les autres marins et toi, que pas un mot sur ce que vous avez vu ne sera prononcé à terre. Je suis prêt à ajouter cent autres guinées à votre solde. Mais tu dois convaincre les autres de ne pas laisser échapper la moindre allusion à la baleine.

— Je crois, monsieur, dis-je au capitaine, que cent guinées sont un argument qui fermera le bec à tout le monde aussi sûrement que la colle de poisson.

— Donc, dit Charlemont se levant et vacillant, il n'y a pas eu de baleine ou de cachalot à la voix mélodieuse. Cela a été un délire causé par la chaleur et par la nuit tropicale. Je vais reprendre ma place dans la bonne société de mon pays.

Peut-être était-ce une impression, mais en prononçant les mots "bonne société" le capitaine semblait laisser transparaître une nuance de dégoût.

Le soir de notre arrivée au port de Londres, la compagnie Smithson avait fait les choses en grand. Il y avait le président et le vice-président, le ministre de l'Agriculture et toute la faculté de botanique et de zoologie de l'Université. Et il y avait des dames, toute une volée de jupes blanches et roses, semblables à des méduses, et un essaim d'ombrelles. A la vérité, dans l'attente de *La Fidèle*, un événement étrange s'était produit. Un homme avait surgi de la mer, tout habillé, avec un gardénia à la boutonnière. Il avait escaladé le môle, refusant toute aide, et s'était éloigné rapidement, comme s'il craignait un danger imminent. Mais le climat de fête fut immédiatement rétabli par la fanfare qui jouait *Thanks for the Beautiful Roses*. Un peloton de gardes triés sur le volet fondait martialement sous le soleil. Parmi les personnalités présentes, on notait le père et la mère du capitaine Charlemont, ainsi que sa fiancée, lady Aschley-Compott, fille du marquis de Sunbury, en complet abricot, le visage encadré par de nobles oreilles de lièvre.

Les cuivres jouèrent plus fort, faisant vibrer les planches du môle quand *La Fidèle*, après une parfaite manœuvre (le capitaine Charlemont ne commandait pas) vira à l'intérieur du chenal et commença à accoster. Des jumelles nacrées passaient de poignet amidonné en jolis doigts bagués. Et, très vite, le capitaine Charlemont fut visible à l'avant, avec ce beau visage que la mer n'avait pas le moins du monde hâlé : il était parti pâle, et c'est pâle qu'il revenait. Le cœur de ses parents vibra d'orgueil, et celui de sa fiancée, bien que cela soit assez vulgaire, donna de petits signes d'accélération. Et nous tous, alignés, en uniforme, avions pour ce jour l'impression de faire partie de l'élite du pays, de son histoire et de sa botanique.

La Fidèle jeta l'ancre près du môle et les chaloupes furent mises à l'eau. Le capitaine monta sur la première, en compagnie de Buckingham et de moi-même ; nous portions un merveilleux exemplaire de palmier, orné du drapeau anglais. Le capitaine fut le premier à gravir le petit escalier du môle et à serrer la main au ministre. Il vit tout de suite lady Aschley-Compott et, oubliant pour un instant les usages, au lieu de lui baiser la main, il l'embrassa. Tandis que les deux jeunes gens étaient enlacés sous le regard bienveillant des deux nobles familles, la fanfare fit entendre les premières notes de *Together*. Mais elle jouait désagréablement faux.

— Que signifie cette horreur ! hurla le comte Charlemont père. Qu'est-ce qui vous arrive ?

— Excusez-nous, dit le chef d'orchestre, mais nous ne parvenons pas à jouer. Un bruit déplaisant se mêle à la musique. Et le môle oscille trop…

C'était vrai. Le môle grinçait effroyablement. Et on entendait clairement un bruit déplaisant, inhumain, qui imitait grossièrement les notes de *Together*.

— C'est lui, cria Buckingham, il est venu jusqu'ici !

Juste à cet instant un grand coup de queue de Matu-Maloa frappa un pilier du môle qui s'inclina terriblement, et la baleine, folle de jalousie, se lança tête baissée contre les autres piliers. Des éclats de planches et des ombrelles volèrent. Poussant des hurlements de frayeur, tous cherchèrent le salut, les uns s'enfuyant vers les terres, les autres se jetant à l'eau. Le môle cédait morceau par morceau et Matu-Maloa continuait à lui donner des coups de tête, sans que les tirs des gardes ne réussissent à l'égratigner. Marquis, botanistes, hautboïstes, finirent à l'eau. Jusqu'à ce que le cachalot arrive au dernier morceau de môle encore debout, où se tenaient enlacés le capitaine Charlemont et sa fiancée.

— Sauve-toi, cria le capitaine, poussant lady Aschley loin de lui.

Et tout de suite après il tomba (certains disent qu'il se jeta) sur le dos du monstre qui, sans plonger, prit le large à vive allure. Quand il disparut à l'horizon, le capitaine ressemblait à un petit oiseau sur le dos d'un éléphant.

L'histoire pourrait finir ici. Inutile de dire que le scandale fut grand : ce n'est pas tous les jours qu'une baleine ravit, avec ou sans son consentement, un descendant d'une noble famille anglaise. Au bout de deux mois le capitaine Charlemont fut déclaré juridiquement décédé et, sur son caveau de famille, à Glenmore, on peut lire :

SON NOBLE CŒUR RAVIT
LA FUREUR DU LÉVIATHAN

S'il en est ainsi, amen. Mais moi, je préfère croire un de mes amis antillais qui, de retour d'un voyage, me raconta que dans une île des Célèbes, les indigènes adorent une divinité singulière, qu'ils appellent Charmaloa. Et il me montra une statuette. C'est la statuette d'une baleine qui porte sur son dos une figurine plus petite, avec un bibi surmonté d'une plume verte.

Le récit du deuxième homme au chapeau

ACHILLE ET HECTOR

L'homme en fait tant qu'à la fin, il disparaît.

RAYMOND QUENEAU

Je suis moi aussi de Zuydingue, et voudrais vous raconter une histoire de chez nous. Celle de deux amis, Achille et Hector. Achille construisait des cheminées, et il n'y en avait pas deux comme lui dans son domaine. Ses cheminées tiraient si bien qu'il ne fallait pas laisser les enfants s'en approcher de trop près, sinon ils s'envolaient par la hotte, comme de petites tourterelles. Hector était boulanger, et son pain était si bon que le médecin du village le prescrivait dans ses ordonnances. Deux petits pains ronds matin et soir, avec un peu d'eau.

Achille et Hector, amis et collègues dans le secteur du chauffage, étaient toujours ensemble, pêchaient ensemble et faisaient de longues marches en montagne pour ramasser des châtaignes et cueillir des champignons.

Une fois qu'ils étaient étendus sous un arbre, par une belle journée limpide, sans un nuage, Achille dit :

— Tu sais que le cœur de Coppi bat quarante-huit fois par minute ?

Hector demanda :

— C'est beaucoup ?

— Pour une personne normale comme toi et moi, c'est déjà bien quand il bat une fois ou deux par minute. Quelle condition physique !

— Ecoute, demanda Hector, et ses poumons ? Comment ils sont, ses poumons ?

— Ils sont, répondit Achille, si puissants que, lorsqu'il respire, tout le monde s'évanouit autour de lui, parce qu'il prend tout l'air qui l'entoure, et n'en laisse plus aux autres.

— Et sa bicyclette ? demandait Hector. Dis-moi encore comment elle est, sa bicyclette…

— Il a une bicyclette, disait Achille, pas plus lourde qu'une plume. Elle a des roues en soie, et est si légère qu'il peut en avoir six ou sept au bras quand il pédale, et choisir entre celle pour les côtes, celle pour la descente, celle pour le gravier, celle pour les pavés, celle pour la montre et même celle pour le tour d'honneur avec les drapeaux. Et tu sais ce qu'il fait, Coppi, quand il court ?

— Qu'est-ce qu'il fait ?

— Il bouge les oreilles. Quand il est en descente, il les ouvre, et elles sont si grosses et si fortes qu'il freine avec. Quand il sprinte il les ferme, et il devient aérodynamique. Quand il gagne il les lève, quand il est triste il les baisse.

— Comme un lièvre ?

— Mieux qu'un lièvre. Coppi va plus vite qu'un lièvre. Peut-être que sur les cinquante premiers mètres le lièvre est plus rapide, mais ensuite, Coppi remonte et le distance.

Et les deux amis restaient les yeux fermés, rêvant. Que n'auraient-ils pas donné pour un vélo de course ! Ils étaient absorbés par ces pensées quand ils entendirent un bruit dans le bois.

— Un chevreuil, dit Achille.

— Un renard, dit Hector.

Mais c'était une bicyclette de course sans cavalier qui descendait vers eux, passant entre les arbres, faisant battre son guidon contre les troncs, se cabrant sur les bosses, exécutant des sauts et des cabrioles, et continuant à descendre à toute allure. Ce fut l'affaire d'un instant : à peine la bicyclette emballée passa-t-elle devant lui qu'Achille sauta dessus. Mais, bien qu'il ait cherché à l'arrêter, celle-ci continuait à courir vers le ravin.

— A l'aide, hurla Achille et, alors qu'il allait tomber, il réussit à s'accrocher d'une main à des genêts. Il resta ainsi, suspendu dans le vide, retenant la bicyclette avec ses pieds ; mais pas question de lâcher prise !

Hector arriva et, avec sa force de boulanger qui avait pétri pendant trente ans, il le fit remonter.

Ils s'étreignirent, heureux d'en être réchappés.

— Merci, dit Achille, tu m'as sauvé la vie et celle de ma bicyclette.

— Tu veux sans doute dire ma bicyclette, dit Hector.

Adieu l'amitié !

Le soir même les deux hommes coururent chez le père Celso, le vieux du village, et exposèrent leur point de vue.

— La bicyclette m'appartient, dit Achille, parce que je l'ai capturée et retenue au péril de ma vie.

— Peut-être bien, objecta Hector, mais sans moi tu étais mort, et les morts ne font pas de la bicyclette.

Le père Celso réfléchit longtemps, six verres au moins.

Puis, d'un grand geste de sibylle, il ouvrit le bras et dit :

— Dépatouillez-vous.

C'était une vieille expression orphique et bourbeuse qui voulait dire : Moi, je m'en lave les mains.

Il revint au maire de décider : et le maire décida que seul un duel pouvait résoudre le problème. C'est pourquoi il réunit les deux adversaires et dit :

— A Achille, qui est le plus vieux, revient le choix des armes.

— Insultes, dit Achille.

— Insultes ?

— Insultes et, si on est à égalité, souffle ; et, si on est encore à égalité, vin et saucisses.

— D'accord, dit Hector. Je n'ai pas peur de toi, voleur de bicyclettes.

— Ça ne compte pas. Il m'insulte avant que ça commence.

— C'était une citation de cinéphile cultivé…

— Cinéphile toi-même, cria Achille.

Et on dut les séparer car ils se battaient déjà.

Le soir venu, tout le village était sur la place, autour des deux hommes assis l'un en face de l'autre. Hector se mit les mains à la taille et chanta le premier :

Achille Lanzarinier
fait tirer toutes les cheminées.
Mais Lanzarinier Annie
fait tirer tout le pays.

Achille vacilla sur sa chaise. C'était un terrible insulto-poème qui faisait clairement allusion à sa belle et vive épouse. Mais il se reprit immédiatement et dit à son tour :

Hector Baldo
fait toute la nuit des cornets chauds.
Sa femme en l'attendant
lui fait des cornes avec Florent.

Le boulanger devint blanc comme farine. L'insulte concernait une vieille liaison dont sa femme et Florent, le postier, avaient été suspectés. Mais il ne perdit pas courage. Il grimpa sur une chaise et déclama d'une voix tonnante :

— Bon à rien, désœuvré, qui ne sais pas distinguer une passe-crassane d'un bon-chrétien, qui trais les poules et ne sais pas caguer dans l'herbe, qui tires sur les hirondelles et te fais chiper les bretelles par les renards ; qui vas cueillir des champignons et rapportes des satans, qui vas à la pêche et prends froid ; tes fromages ont un goût de purge et tes vins, un goût de pisse ; t'as plus de tiques que ton chien, plus de poux que ta femme, plus de gale que ton chat, plus de vers que tes pommes, plus de croûtes que ton porc.

Achille, qui appartenait à une famille de grandes traditions paysannes, broya presque les accoudoirs de sa chaise en écoutant cette insulte agricole, mais il répliqua promptement :

— Grand fils de ta mère qui trais les chevaux et qui la promènes dans les champs comme du verdet, et de ton père qui le fourre dans le cul des canards cuits et crus, et de tous les "tu viens chéri" de ta sœur qui n'a même plus le temps de dire un mot de plus, et de ton frère le branleur, et de ta grand-mère qui se la gratte dans les maïs, et de ton grand-père bouseux qui s'est fait plus d'enfants de chœur qu'un cardinal et qu'a eu plus de chaudes-pisses que ton oncle, qui se faisait toutes les vaches de l'étable, sauf ta fille, elle c'est toi qui t'en chargeais les jours pairs, et l'âne les jours impairs.

Hector chancela et fut sur le point de s'effondrer, mais il répliqua avec fierté :

— Charogne fétide, sale fasciste plus fasciste que tous les chefs fascistes du siège du parti fasciste, à côté de toi Mussolini était un rouge, c'est Kappler qu'il te faudrait comme partenaire aux cartes, et le Führer aux boules, tu es plus fasciste qu'un prêtre fasciste, et plus démocrate-chrétien qu'un convoi de sœurs, et plus fasciste que tous les essesses passés ici, et que tous les dictateurs du Vanzenzuela, et que tous les prêtres de Rome, et que tous les patrons du monde.

Achille s'évanouit presque après cette atroce insulte politique. Mais au bout d'un moment, il pointa du doigt Hector et dit dans un souffle :

— Fassdecon – tasdmerdsalaudporc – Grosconnardesapristidesacristi – merdetubleudecorbleupalsambleuventrebleujarnibleudesapristidefass decondsalaudporc – salopardetamèredetonpèrede-caddedioudepardidesacristidesaloperide – fassdecondesapristicristi.

Les gens en demeurèrent interdits, partagés entre l'envie d'applaudir et celle de crier d'horreur : une insulte aussi longue, en vieux jurons et en apnée, ça ne s'était jamais entendu.

Hector alluma une cigarette, puis demanda :

— Tu as dit quelque chose ?

Le maire, pour empêcher d'autres délits d'extermination de la pudeur, déclara qu'ils étaient à égalité. La bicyclette, ordonna-t-il, sera jouée au souffle, un tir de chaque côté, et sans l'usage d'additifs chimiques ou d'auxiliaires mécaniques.

L'état d'alerte fut décrété dans toute la vallée.

Les fenêtres furent clouées et les portes renforcées, les enfants lestés à l'aide de poids et les femmes enceintes conduites à l'abri dans les caves.

Tôt le matin, les deux hommes furent mis l'un en face de l'autre, à une distance de cinquante mètres, dans le champ le plus grand du secteur. Achille s'était préparé en mangeant quatre caisses de poireaux et d'oignons crus, un kilo et demi de gorgonzola, et de la ricotta tournée. Hector s'était envoyé vingt têtes d'ail et autant de poivrons, et avait bu une dame-jeanne de vin aigri. Le maire donna le signal du départ, et les gens s'aplatirent par terre.

Le premier à souffler fut Hector.

L'événement eut pour conséquence une secousse du huitième degré sur l'échelle de Mercalli, et provoqua des dommages dans les habitations à soixante kilomètres à la ronde. Trois hélicoptères se crashèrent, d'énormes quantités d'oiseaux devinrent aveugles et sourds, et toutes les communications furent interrompues dans la mesure où le souffle fit tomber les poteaux électriques comme une série de dominos. L'air malsain suivit alors sa course vers la mer, arrachant le toit d'une caserne de carabiniers, emportant deux mille parasols, provoquant une vague énorme qui s'abattit sur les côtes de la Dalmatie et, dit-on, un courant d'air parfumé au poivron qui arriva jusqu'à Moscou, sur la place Rouge, où six soldats du piquet d'honneur du Kremlin s'évanouirent mystérieusement.

Eh bien, quand tout fut fini, le seul qui restait debout dans la vallée, c'était Achille, planté sur ses jambes comme un taureau.

Et Achille souffla à son tour : on entendit le même bruit que si on avait débouché l'océan, les chevelures des arbres commencèrent à voler, et la tornade oignonesque rasa au sol les champs jusqu'à la rivière, d'où elle sortit de l'eau tous les poissons, les faisant voler en escadrons, phénomène que les savants étudièrent ensuite pendant des années. La vibration provoqua une fracture du terrain, avec une subséquente fuite de gaz chauds qui, se combinant avec l'oignon, provoquèrent des incendies et des crépitements gigantesques dans de nombreuses villes ; et pour finir, le souffle transperça les Alpes, balaya les plaines d'Europe, se propageant jusqu'à la mer de Norvège, où soixante baleines furent catapultées sur la rive.

Eh bien, au terme du cataclysme, Hector était encore debout au milieu du champ. Et il demanda à Achille :

— Tu as dit quelque chose ?

C'est à ce moment que le maire, après avoir interrompu l'épreuve dans l'intention de sauver le monde occidental, décida qu'il ne restait plus désormais que le duel au vin et à la saucisse. Des tonnes de saucisses et des citernes de vin furent donc poussées sur la place, et la rencontre eut lieu.

Hector commença en aspirant comme un spaghetti cinquante mètres de saucisses fraîches. Achille mangea, en les attrapant au vol, deux cent douze petites Francfort, qu'il lançait d'abord en l'air comme des cacahuètes.

Après chaque mètre de saucisse avalé, les hommes buvaient une bonbonne de vin.

Le docteur comptait les points sur un boulier. La nuit se passa à la saucisse cuite, et Hector en mangea la valeur de six grils et quatre broches, puis il dit :

— Il n'y aurait pas un petit bout de pain pour aller avec ? Sinon, je vais encore avoir faim.

Achille fit alors une montagne de polenta de la hauteur d'un homme, au milieu de laquelle il creusa une cavité, qu'il remplit de merguez ; il mit son maillot de bain, s'enfonça dans la montagne et, quand il reparut, il n'y en avait même plus assez pour un enfant.

Hector s'allongea alors, et se fit injecter du vin blanc en intraveineuse ; en même temps, il buvait du rosé. Achille à son tour réussit à boire une bonbonne par la bouche et l'autre par le nez.

Nous cherchâmes en vain à les faire s'arrêter. Des gens étaient arrivés de toute la montagne, et on faisait des paris. La fumée de la saucisse rôtie forma un nuage si épais que les pompiers de trois villages accoururent ; et quand ils surent de quoi il s'agissait, ils restèrent là, eux aussi : ils remplirent leurs citernes de vin, qu'ils projetèrent à la lance dans la bouche des deux adversaires. Achille et Hector n'en laissaient pas tomber une seule goutte à terre.

Et c'est ainsi que se leva l'aurore couleur safran ; toute la montagne s'était réunie à Zuydingue, et on calcula qu'avec toutes les saucisses mangées on aurait pu faire trois fois le tour de la terre. Achille mangea encore une petite saucisse de sanglier, Hector une saucisse d'ânon. Et Achille un demi-mètre de chipolata, Hector un demi-mètre de crépinette ; après, leur rythme commença à baisser : Achille mangea une demi-saucisse, Hector aussi. Achille trois petits morceaux, Hector lui répondit au coup par coup ; mais on voyait qu'ils étaient à bout, leurs yeux étaient injectés de saucisses, leurs sourcils ressemblaient déjà à des soies, ils pissaient directement du vin et, pour boire une goutte, il leur fallait une heure.

A la fin il ne resta plus qu'un petit morceau de saucisse. Achille le coupa en deux, prit sa part et, avec deux doigts, l'enfonça dans sa gorge. Il y eut un moment de panique, comme quand on met la dernière chemise dans la valise, ou ça tient, ou ça craque. On entendit des éboulements, des gargouillis et des grincements sinistres dans les viscères d'Achille, mais, au bout du compte, il réussit à fermer la bouche et fit descendre le tout avec deux doigts de vin rouge. Il ne leva pas les bras parce qu'il n'en pouvait plus, mais il croyait bien avoir gagné. Hector, dans un râle, prit alors sa part, et tenta de l'enfoncer dans sa gorge. Il n'y parvint pas. Il mit le morceau sur sa langue, lia sa langue à un élastique, et laissa partir le coup. Le morceau rebondit dans son gosier pendant une ou deux minutes, puis s'arrêta, et Hector laissa échapper un grand hoquet. Il prit un verre de blanc qui se trouvait près de lui, en avala une grande gorgée, et mourut foudroyé. Il avait pris par erreur le verre de limonade de la pharmacienne, Mme Gabriella, la seule personne du village qui ne buvait pas d'alcool. L'organisme d'Hector était habitué à tous les excès, mais cette nouveauté imprévue lui fut fatale. Quand il vit Hector tombé sans vie, Achille éclata en sanglots, se jeta sur lui, lui demanda pardon. Une scène déchirante ; il hurlait comme un goret qu'on égorge :

— Je ne la veux plus, la bicyclette ! Je ne la veux pas ! Elle est à toi, lève-toi et pédale, Hector !

C'est ainsi que se termina le grand duel entre les deux amis. Et la bicyclette, direz-vous ? Le lendemain, les carabiniers arrivèrent. Ils dirent que la bicyclette appartenait à un particulier qui la transportait sur une fourgonnette quand, dans un virage, elle était tombée et avait roulé par terre. Elle devait donc immédiatement être restituée à son propriétaire. Quand les mots "immédiatement restituée" furent prononcés, de toutes les fenêtres du village surgirent des hommes avec des fusils, mais aussi des femmes d'un certain âge, et des enfants, armés ; un brigadier jure même avoir vu une vache portant un bazooka sur son dos. Les carabiniers s'enfuirent à une vitesse record.

Si vous allez aujourd'hui au cimetière de Zuydingue, vous verrez une tombe avec dessus une bicyclette de compétition en parfait état. La plaque tombale indique :

A HECTOR BALDO
GRAND AMI ET CYCLISTE
EMPORTÉ PAR UNE LIMONADE INOPPORTUNE
SES AMIS ET SES PROCHES
LE SALUENT AU PARADIS
OÙ IL EST SÛREMENT MONTÉ
CAR C'EST UN EXCELLENT GRIMPEUR

Le récit de la demoiselle au chapeau

QUAND ON AIME VRAIMENT

A l'époque du fascisme
Je ne savais pas que nous vivions
à l'époque du fascisme

HANS MAGNUS ENZENSBERGER

Octobre 1976

Ma chérie,

Ta lettre m'a fait très mal. Surtout à cause de ton accusation d'opportunisme ! Je ne crois vraiment pas mériter cela. Mon interview du leader extrémiste tristement célèbre n'était en rien “ambiguë”. Je pense que, dans mon travail, il faut savoir trouver des personnages intéressants, et je t'assure que lui, il l'est. J'ai peut-être, ainsi que tu le dis, “chargé” certains détails, par exemple le fait qu'il portait une mitraillette en bandoulière, et qu'il y avait deux splendides blondes en tenue léopard à ses côtés. Mais je t'assure qu'il était armé, et que son amie n'était pas mal du tout.

Quant au nouveau directeur, que tu qualifies d'“individu peu clair”, je suis d'accord avec toi. Si j'ai pris le petit déjeuner avec lui, c'est parce que je pense qu'à l'heure actuelle il n'est pas nécessaire d'aggraver certaines tensions.

Toujours et encore des soupçons ! C'est l'essentiel de ta vie. Il suffit que j'entretienne de bonnes relations à la fois avec le leader susmentionné et avec le commandant Z., et tu te mets immédiatement à délirer, à parler de liens ambigus. Détends-toi, sois plus tolérante ! Quand l'autre soir j'ai voulu te faire cadeau du poncho péruvien, tu as été cruelle. C'est vrai, je ne l'ai pas acheté au Pérou ; je ne suis jamais allé au Pérou, et je n'ai jamais rencontré les Indiens Paraguele, ni mangé le champignon sacré en compagnie de leur chef Mateus. Je voulais seulement me rendre intéressant. Mais toi, tu ne pardonnes rien. Tu es fière et intransigeante comme tes idées. Ne te plains pas, après, si on perquisitionne chez toi. Quant à tes articles, je t'ai déjà dit ce que j'en pense : le temps nous montrera qui avait raison. Aimer, c'est aussi savoir attendre. "Quelque part, j'ai fait halte, et je t'attends", dit le poète. Je te joins un exemplaire de mon livre : *La Lutte armée, pourquoi ?*

Avec tout mon amour,

Giampiero

Octobre 1983

Ma chérie,

J'ai repensé à ton coup de fil, et je dois te dire qu'il m'a fait très mal. Surtout ton accusation de conformisme, que je ne crois pas vraiment mériter. Mon interview du leader des patrons n'est en rien "bienveillante". Je pense que, dans mon travail, il faut savoir trouver des personnages intéressants, et je t'assure que lui, il l'est. J'ai peut-être "inventé", comme tu dis, certains détails, comme le fait que l'interview ait eu lieu entre deux hélicoptères en vol. C'est vrai, nous étions dans un télésiège, et après ? Il était armé, avec lui se trouvaient deux blondes splendides mais, me souvenant de ce que tu m'avais dit il y a sept ans, je ne l'ai pas relaté.

Quant au nouveau directeur, que tu qualifies d'"individu équivoque", je suis d'accord avec toi. Si je suis allé déjeuner avec lui c'est que, comme rédacteur en chef, je ne peux pas ne pas être en rapport avec lui. Et pour ce qui est de mon désaccord avec la grève, ça ne signifie pas, comme tu dis, "faire le jeu du patronat". Je crois qu'aujourd'hui, il est beaucoup plus subversif de faire des heures supplémentaires que la grève. Et ne me demande pas "pourquoi", avec ton habituel air inquisiteur : ce sont des choses que l'on sent, voilà tout.

Toujours et encore des soupçons. C'est l'essentiel de ta vie. Il suffit que tu voies un nom sur une liste pour que tu commences à délirer, à parler de loges et de pouvoirs occultes. Le colonel Z. dirait que tu es une rétrograde hystérique. Mais détends-toi, sois plus femme ! Quand l'autre soir j'ai voulu te faire cadeau du diamant, tu as été cruelle. C'est vrai, je ne l'ai pas acheté en Afrique du Sud, je ne suis jamais allé en Afrique du Sud, et donc je ne peux pas te dire, comme je l'ai fait, que là-bas tous les Noirs possèdent une voiture de grosse cylindrée. Je voulais concilier des positions opposées. Mais toi, tu es fière et intransigeante comme tes idées. Tu ne peux t'en prendre qu'à toi d'avoir perdu ton travail. Encore quelques années, et les jeux seront faits. Mais je serai là, moi, et ce sera comme si le temps n'était pas passé : aimer, c'est attendre. Je te joins un exemplaire de mon recueil d'interviews *Dix hommes, dix réussites*.

Au revoir, avec tout mon amour,

Giampiero

Octobre 1990

Ma chérie,

J'ai reçu ton mot, et je dois te dire qu'il m'a fait très mal. Surtout ton accusation de complicité, que je suis certain de ne pas mériter. Mon interview du général Z. n'est en rien "servile". Je pense que, dans mon travail, etc. tu connais la suite. Peut-être bien que j'ai inventé certains détails, comme le fait que l'interview se soit déroulée sans la présence de la police, et que le général jouait aux boules avec quelques gamins rieurs. En réalité, le général s'amusait à qui lancerait le plus loin des grenades avec ses gardes du corps, dix policiers blonds, la mitraillette en bandoulière.

Quant au nouveau directeur, que tu qualifies d'"individu répugnant", je ne suis évidemment pas d'accord. Je n'ai pas changé depuis que je dirige le journal, et je ne comprends pas pourquoi tu parles de cette façon. Quant au fait que le général Z. ait une ligne directe avec moi, ce n'est pas, comme tu dis, "fortement suspect". Depuis quand téléphoner est-il un délit ?

Toujours et encore des soupçons, c'est l'essentiel de ta vie. A peine t'avait-on conduite dans ce stade, où tu as retrouvé quelques-uns de tes amis, qu'immédiatement tu as commencé à cracher ton venin sur nous. Une simple opération de contrôle, voilà ce que c'était. Mais détends-toi, sois plus femme ! C'est vrai, quand l'autre soir je t'ai invitée à sortir pour manger une glace, je n'étais pas seul. Le colonel Battista éprouve en ce moment une grande sympathie pour moi, et il me suit partout. Je ne pouvais pas prévoir qu'il t'arrêterait. Mais toi, tu es fière et intransigeante comme tes idées. Ne te plains pas, après, si le procès se passe mal. D'ici quelques années, pas moins de vingt selon moi, on verra qui a raison. Et alors je serai là, moi, comme si le temps n'était pas passé, car aimer, c'est savoir attendre. Je te joins le livre du général Z., *Tactique et stratégie de la lutte contre la guérilla, de El Alamein à nos jours*, illustré de douze cartes. La préface est de moi.

Au revoir, avec tout mon amour,

Giampiero

Le récit du nain

LE MARTIEN AMOUREUX

Je l'ai vu, dis-je,
vu de mes propres yeux vu,
ce qu'on appelle vu.

MOLIÈRE, *Tartuffe*, V, 3.

Voici la véritable histoire de Kraputnyk Armadillynk, telle qu'il me la raconta lui-même, de vive voix.

Un matin, j'étais en train de pêcher de bonne heure dans la rivière de Zuydingue quand j'entendis derrière moi un vacarme impressionnant. Je vis les arbres trembler et les oiseaux s'envoler. Puis une explosion, et plus rien. Je franchis la digue, et une créature singulière apparut devant moi : un tonnelet de métal avec un gros nez de taupe et deux petits bras réglables munis de cataphotes. Elle était en train de donner des coups de pied à une soucoupe volante et, d'une voix teintée de colère, criait à peu près ceci :

— Zukunnuk dastrunavi baghazzaz minkemullu mekkanikuz !

Me voyant, la créature s'inclina et dit :

— Monsieur, je regrette vivement de vous avoir dérangé, mais si vous avez l'extrême gentillesse de m'écouter, je pense que vous pourrez me comprendre et me donner l'aide nécessaire.

Je m'appelle Kraputnyk Armadillynk, et je viens de la planète Béqueue. Ma planète est à sept cents années-lumière de la vôtre, et sa température moyenne est de cinquante degrés à l'ombre. On ne peut y cultiver que deux choses : le trond et le carzz. Le trond est un tubercule rond au goût insipide. Le carzz est un tubercule carré du même goût que le trond. On pourrait tranquillement dire que c'est la même chose, mais pour notre moral à nous autres Béqueudiens, il vaut mieux les distinguer. Ainsi peut-on poser la question : "Qu'est-ce qu'on a de bon pour le dîner ce soir, du trond ou du carzz ?" Ça crée un peu de suspense.

Il y a trois façons de manger le trond : assis, debout, ou allongé : ceci pour la précision. De la même manière, il existe trois façons de cuisiner le carzz : à la sauce au trond, à la sauce au carzz, ou farcies au trond.

Vous aurez donc compris que la vie sur notre planète est très dure. Nous n'avons rien d'autre que de la terre brûlée et des champs de tronds et de carzz, des roches noires, des montagnes de lave et quelques Noirpoirs (volcans) qui crachent en l'air des lapilli bouillants. Il n'y a pas d'animaux, à l'exception d'un ver, le Krokuplas, immangeable, mais qui constitue un très bon appât pour les poissons. Malheureusement, sur Béqueue, il n'y a ni eau ni poissons. On boit toutefois d'excellents jus de trondcarzz.

Sur notre ennuyeuse planète, le seul divertissement est la galanterie. Les habitants de Béqueue sont d'ailleurs incroyablement beaux. Du moins est-ce ainsi stipulé dans l'article premier de notre Constitution. Comme vous le voyez, nous, les mâles, sommes formés de deux pieds tronds, d'un corps carzz, et d'une tête légèrement trondoïde, d'où dépasse un tube (ce n'est pas mon nez !). Les femelles ont de petits pieds carzz, un délicieux petit corps tirant vers le trond et une tête plutôt bitrondique. Ma femelle s'appelle Lukzenerper Graetzenerper Bikzunkenerper. Ce qui veut dire : Lukz "qui naquit près du volcan", fille de Graetz "qui vit sur le volcan", et de Biz "qui tomba dans le volcan". Lukzetcetera est très jeune, elle a dix-huit ans béqueudiens, ce qui correspond à peu près à la durée de deux séries télévisées terrestres. Je l'aime, et me promener avec elle grunka dans la grunka sur les sentiers de ma planète est mon unique joie.

Mais il se trouva qu'une nuit, tandis que nous étions seuls dans ma carzzomobile, et que nous regardions les mille étoiles de l'univers, elle se serra contre moi et commença à laziguer. Laziguer, c'est comme pleurer pour vous, mais nous, on pleure de l'huile, de la précieuse huile lubrifiante ; et c'est pour cette raison que, si l'un d'entre nous lazigue trop, il rouille, se grippe, et meurt. Aussi l'ai-je consolée, en cherchant à remettre dans son réservoir tout le lazigué que je pouvais : mais elle continuait son lazinguenzeinzein, et je ne savais plus que faire.

"Lukzettina, lui dis-je, je t'en prie, parle. Ne lazigue plus, tu me tortures ! Qu'est-ce que je peux faire pour toi ?"

"Oh ! Kraputnyk, répondit-elle, tu es bon comme un trond. (Au fond, ce n'était pas un grand compliment. Nous disons aussi «sale comme un trond» il y a si peu de chose avec quoi nous pouvons faire des comparaisons...) Mais je voudrais une chose impossible... Je voudrais... Je voudrais..."

En la voyant aussi désespérée un gros lazigue m'embua les cils.

"Parle, ma chérie, n'hésite pas, dis-je, je ferai tout ce que je peux pour toi."

"Oh ! Kraputnyk, dit-elle, de ma vie je n'ai jamais reçu de cadeau. Et je mourrai sans que personne ne m'en ait fait !"

Mais comment, ai-je pensé, je viens tout juste de lui offrir un collier de tronds ! Oui, mais quel cadeau pouvait représenter un trond sur cette planète maudite où il n'y avait que tronds, carzz, pierres en forme de trond et morceaux de carzz toujours sous nos pieds ! Un cadeau, c'est une chose à laquelle vous ne vous attendez pas. Qu'y avait-il sur Béqueue qui puisse surprendre une jeunette ? A cet instant j'ai regardé le ciel étoilé et mon visage s'est éclairé (c'est le cas de le dire : quand nous avons une grande idée, une lampe rouge s'allume).

L'univers était habité de nombreux mondes tronds et de grandes structures carzz. On disait à la télévision (cela, nous l'avons nous aussi, c'est obligatoire) que ces mondes sont absolument semblables au nôtre. Sur Jupiter il y a des tronds plus grands, sur Vénus il y a des carzz particulièrement beaux, mais rien de plus.

Eh bien, me dis-je, c'est peut-être comme ça, puisque la télé ne ment presque jamais ; mais je veux contrôler par moi-même. Si en quelque endroit reculé de l'univers un vrai cadeau existe, quelque chose qui ne soit ni trond ni carzz, et que je puisse porter à ma bien-aimée, eh bien, je le trouverai. Cela dit, le soir même j'ai fait une provision de filets de tronds en boîte, et lancé mon astrocarzzomobile dans les couloirs stellaires du Serpent n° 8, celui qui mène au croisement Zatopek et, de là, à votre système solaire. Je ne sais pas pourquoi je me suis tout de suite dirigé vers la Terre. Peut-être à cause de sa couleur, qui me paraissait belle, ou de la manière dont elle trondait dans l'espace. Le fait est que j'ai mis en marche la macrolunette, et l'ai pointée sur vous.

Hélas, la première chose que je vis me découragea. C'était un grand espace en poil vert, avec des milliers de personnes qui hurlaient tout autour. Au milieu, quelques êtres vêtus de deux couleurs différentes se disputaient, du pied, un petit trond. Ici, la situation est encore pire que chez nous, ai-je pensé : nous, on n'a que des carzz et des tronds, eux, ils manquent même de tronds. Du reste, autour de ce malheureux trond, se déchaînaient de gigantesques bagarres, chacun le voulant pour soi, et les gens hurlaient comme des fous. J'ai alors dirigé la macrolunette vers un autre point, et j'ai vu une ville faite de carzz mis l'un sur l'autre. Aucun signe de vie. Peut-être, ai-je pensé, les aborigènes ne mangent-ils pas les carzz, mais les carzz mangent les aborigènes. D'ailleurs j'en voyais disparaître par milliers à l'intérieur de gigantesques carzz éclairés.

Humilié et déçu, j'avais l'intention de repartir quand – ô merveille ! – je vis enfin quelque chose qui n'était ni carzz, ni trond, ni pierre, ni lapilli, une chose nouvelle et merveilleuse. J'ai atterri et me suis approché. C'était une grosse boîte métallique, pareille à un Béqueudien obèse, pleine à ras bords d'objets mystérieux, dont je sus ensuite qu'ils s'appelaient *papiers gras* et *bidons*. Ils avaient des couleurs différentes et même si, parmi eux, il y avait des exemples de carzzisme et de trondisme, la variété était stupéfiante. Et quelles odeurs étranges ils répandaient ! Fortes, pénétrantes, si différentes de l'odeur béqueudienne, cendre et carzz bouilli. J'ai fouillé un peu avec mon petit bras, et j'ai sorti de la grosse boîte un objet superbe : un cylindre rouge et brillant. Il était signé d'une écriture plutôt trond, qu'à l'aide de mon universodico j'ai déchiffrée comme signifiant Coco-Colo, ou Colo-Coco. J'ai pensé qu'il s'agissait de l'œuvre de deux artistes. Puis, j'ai vu un animal splendide, formé d'un corps complètement couvert de poils et d'une longue queue en bois, des étoffes précieuses et blanches portant les inscriptions *supermarché Monop* et *Croisement*, et encore des objets oblongs et transparents, de merveilleuses substances odorantes, des épluchures en spirale, des papiers bruyants, couverts d'hiéroglyphes. J'étais là, ma portière grande ouverte, regardant toute cette richesse, quand je vis la première créature terrestre. Elle était en train de fouiller tranquillement parmi les objets merveilleux de la grosse boîte. Je pris immédiatement le dictionnaire touristique interstellaire et martelai au mieux cette phrase :

"Ez-kuzez, ommme de la teh-rre, esse-ke che je peuh ajje-ter un deu zes très bôh ôbchets ?"

La créature ouvrit très grands ses splendides yeux jaunes et répondit :

"Pas Ajje-ter, tout leh monde poû-vvoir prendhre, mais main-teuh-nant déh-gâh-ger, parske veunir ommmes deh poû-bêls."

Et voilà que la créature, que je croyais un ommme, se met à partir en sautant, effrayée par l'arrivée d'un être vrombissant grand comme vingt Béqueudiens, d'où descendent les ommmes, parmi lesquels l'un me regarde et dit :

"Depuis quand ils ont mis ces nouvelles poubelles ?"

"Bah ! dit l'autre, de toute manière ça semble vide."

Et il me prend par le nez (qui n'est pas mon nez !) et m'écarte.

“Au travail, dit l’autre, jetons ces cochonneries !”

Ils prennent la grosse boîte aux merveilles et la renversent dans la bouche du grand être. Puis ils sautent dessus et s’en vont. Sur le coup, ça me fait un choc, puis je pense : s’ils jettent et méprisent ces objets splendides, on imagine quelles autres choses merveilleuses ils ont, bien plus précieuses que celles-ci. Reprenant courage, et pensant à ma chère Lukzenerper, je me lance derrière eux à toute allure sur mes trondopatins, jusqu’à ce que j’arrive en ville : et je manque fondre de stupeur. Quelle variété de formes et de couleurs ! Quels cadeaux prodigieux partout, immobiles ou non, petits ou grands ! Ceci est le paradis, me dis-je, mais je dois rester calme et bien choisir, ne pas me laisser étourdir par l’abondance. D’abord, je ne veux pas un cadeau quelconque. Je veux un cadeau que les femelles terriennes elles-mêmes estiment précieux et important. Les ommmes, je sais déjà les reconnaître ; je dois maintenant trouver une femelle terrienne. Comment sera-t-elle ? J’entre prudemment dans un local portant l’inscription *bar-tabac*. Je vois immédiatement une chose qui pourrait être une femelle, une chose munie de nombreux nez, avec un ommme qui les actionne de haut en bas, ce qui chez nous signifie *gibolàin*, s’accoupler. Mais ensuite, j’entends l’ommme qui l’appelle “machine à café”. Ce n’est pas elle. Mais la voilà, ici, je la vois, la femelle. Et, splendide, toute parée de lumières colorées, elle pousse des hurlements et de petits cris tandis qu'un ommme la tient par les flancs et la secoue dans tous les sens. Si ce n'est pas du gibolàin, ça ! Mais soudain, les lumières de la femelle s'éteignent et l'ommme lui donne un grand coup de pied et se met à pester. Comme ils sont violents après avoir giboliné ! L'ommme passe devant moi, et je l'entends dire :

"Ce flipper est une merde, on ne gagne jamais. Et ça, qu'est-ce que c'est, un nouveau distributeur automatique ?"

Et il me touche le nez (mais ce n'est pas mon nez).

"Bof ! fait l'ommme qui manie la machine à café, qu'est-ce que j'en sais, moi, c'est peut-être le patron qui l'a placé ici. Hé ! regarde la sacrée femelle qui est en train de passer !"

Nous y sommes. Je regarde du même côté que les deux ommmes. Deux choses sont en train de passer ; l'une est jaune, avec l'inscription *taxi*. L'autre chose est un ommme un peu plus trond sur le devant, de beaux fils colorés sur la tête, et des yeux plus vifs. Je me mets à la suivre discrètement jusqu'à ce qu'elle en rencontre une qui lui ressemble. Elle lui dit :

"Tu as vu ce machin, derrière nous ? Ils font n'importe quoi maintenant pour leurs publicités de machines à laver."

C'était moi, le machin ?

Puis la première femelle s'arrête et s'exclame :

"Quelle auto ! Qu'est-ce que je ne donnerais pas pour avoir la même !"

Ce qu'elle appelle une auto, c'est une carzzomobile, mais avec beaucoup plus de fumée et de bruit. Un peu encombrante à offrir, mais si ça plaît tant… Les autos sont toutes arrêtées en file. De l'intérieur, des ommmes et des femelles émettent une note de musique en tapant sur une touche qui se trouve au centre d'un trond. Ils le font pendant des heures entières, même s'ils semblent épuisés.

J'ai compris : l'*auto* est un instrument de musique !

Au bout d'un moment, la femelle arrive dans un endroit portant l'inscription *parking*, et trouve son auto avec une petite feuille verte sur la vitre. C'est sans doute la partition, me dis-je ; mais non, la femelle se met en colère, déchire la petite feuille et hurle :

"Embouteillages, circulation, et maintenant en plus un PV ! Plutôt que de continuer à prendre la voiture, je vais la jeter dans un ravin ! Il faudrait les brûler toutes, les bagnoles !"

Et elle s'en va, sans même faire de musique.

Aïe ! Ce n'est pas un très beau cadeau, alors.

Je me mets à suivre une autre femelle, et je la vois rencontrer un ommme. Ils entrent dans un mange-carzz. Je me faufile aussi à l'intérieur : j'ai compris que, si je reste immobile, personne ne dit rien ; tout au plus cherche-t-on à me donner des pièces à manger. Je tends bien l'orkekky, et j'entends la femelle qui dit :

"Chéri, c'est le plus beau cadeau que tu pouvais me faire… Il est splendide, ça me laisse sans voix." Et elle l'embrasse.

Tout doucement je me faufile sous la table. Je regarde, et savez-vous ce qu'elle a dans la main, la femelle ? Un étui noir, avec un collier de carzz à l'intérieur, ces petites pierres transparentes, qu'à Béqueue on trouve par milliers, dans la cendre. Beau cadeau, vraiment !

Déçu, je décide de trouver mon inspiration grâce à la télévision, car ici aussi, comme à Béqueue, elle devrait presque dire la vérité. J'analyse trois heures de journaux télévisés terrestres avec mon ordinateur analogico-galactique, et il en résulte que le cadeau que tout le monde veut, dont tout le monde parle, et que tout le monde juge indispensable est : *"Du concret."*

J'entre donc dans un petit magasin avec l'enseigne : *Ici, on trouve tout* et, sans hésiter, je dis :

"Donnez-moi tout de suite du concret, j'en veux pour ma fiancée et pour moi. Et j'insiste : du concret, pas des mots !"

L'ommme me regarde de travers et dit :

"Ecoutez, je ne sais pas si vous êtes un robot ou un nain payé par un parti politique, mais moi, je vous dis que j'en ai plein les couilles de la propagande électorale."

"Un moment, répétez", ai-je tenté de dire, mais d'autres ommmes se mêlent à la discussion et haussent le ton et, peu après, ils commencent à se quereller et à se lancer des carzz à la figure. Je m'éloigne, j'en ai vraiment assez. Après avoir longtemps marché, je sors de la ville, et me voici dans ce secteur.

Je pense emporter dans mon astromobile un de ces tapis gris que vous appelez routes. Mais c'est lourd à enrouler. Ou bien, je pourrais prendre un morceau de ces poils verts. Mais je n'ai rien compris à la Terre, et je risquerais d'emporter un cadeau de peu de valeur. Tout le monde rirait de moi et de ma Lukz. Quelle misère ! Et c'est à ce moment-là que j'ai entendu quelques petits d'ommme parler entre eux :

"J'ai soif", disait l'un d'eux.

"Qu'est-ce que je ne donnerais pas pour un oranjuice", disait l'autre.

"Imagine, ajoutait le troisième, le super cadeau si quelqu'un nous l'apportait ici..."

Cette fois, je monte carrément ma turbohélice de déplacement rapide, et je vole jusqu'au premier magasin venu. Je suis même prêt à faire usage de mon canon photonique. Au comptoir, il y a une petite femelle avec deux carzz de verre devant les yeux.

"Femelle, lui dis-je, donnez-moi tous les oranjuices que vous avez."

"Tu es étrange, petit, dit-elle, et elle aussi me touche le nez (qui n'est pas mon nez). Il m'en reste quatre, ça te suffit ?"

"Ouizz", que je réponds.

"Vingt-quatre."

Aïe ! Je n'avais pas pensé à ça ! Mais j'ai une idée : je lui mets dans la main deux ou trois de ces carzz chatoyants qui plaisaient tant à l'autre femelle. Je la vois pâlir, et elle en perd la voix. C'est fait !

Je vole à mon point de départ et atterris devant les trois petits d'ommme.

"Oh ! quel drôle de truc, disent-ils, qu'est-ce que t'es ?"

"Je suis le robot du concours *gagnons l'oranjuice*, dis-je, et vous en avez gagné trois, un chacun."

"Ouâââ !" crie le premier.

"Terrible !" hurle le deuxième.

"Géant" clame le troisième, et ils se mettent immédiatement à ouvrir les boîtes jusqu'à ce que l'huile sorte, et ils la boivent. Tous pareils, les gamins.

"Mais enfin, dis-je, c'est un beau cadeau oui ou non ?"

"C'est le plus beau cadeau qu'on pouvait nous faire aujourd'hui", répond le premier.

"C'est un cadeau merveilleux", confirme le deuxième.

"Maintenant, je me sens vraiment bien", dit le troisième.

Cette fois, c'est fait. On se salue : eux, ils agitent les mains et moi, le nez, le vrai, celui que j'ai en bas à droite. Je regagne ma carzzomobile pour admirer l'oranjuice que j'ai gardé pour Lukz. Quelle beauté, quelle transparence, avec cette huile jaunâtre qui bouge à l'intérieur, et quelle odeur merveilleuse ! Sur le dessus, il y a même un bijou trond dentelé et l'inscription *Oranjuice* en lettres rouge vif. Quel cadeau à porter autour du cou, ou sur la tête, ou dans les orkekkys, quel cadeau pour mon amour !

Zut ! J'ai tellement hâte de retourner chez moi que je noie le moteur, et la carzzomobile se bloque. Maintenant que vous m'avez trouvé, monsieur, je sais bien ce que vous voulez : vous voulez mon précieux oranjuice. Mais je vous en prie, prenez tout ce que vous voudrez d'autre, tous mes carzz brillants, ma calotte crânienne, la pièce de ma carzzomobile qui vous plaît le plus, le volant en similtrond ou l'astrochien qui fait oui-oui de la tête, je vous donne tout ça mais, je vous en prie, laissez-moi l'oranjuice ! Lukzenerper m'attend.

— Monsieur Kraputnyk, lui ai-je répondu, non seulement je ne veux pas vous voler votre oranjuice mais, au nom du peuple terrestre, je vous remets en plus un cadeau personnel : c'est en option avec l'oranjuice. Si un jour vous vouliez faire connaître l'odeur de l'oranjuice à vos amis, faites levier avec cela, et le récipient s'ouvrira…

— Magnifique objet. Et comment cela s'appelle ?

— Ouvre-bouteilles.

— Ou-vreu-bouk-teye, répète le Béqueudien, ému. Merci, c'est trop. Ça a dû vous coûter cher !

— Ça va, ça va, lui dis-je, n'y pensez pas et retournez chez vous, on vous attend.

Avec ma Fiat 500, je le pousse un bon coup. La carzzomobile vibre un peu, puis se met en mouvement et, bon sang, quel moteur ! En dix secondes elle a disparu dans les nuages.

Je me suis remis à pêcher, et j'ai pris trois brochets de dix livres.

Le récit de l'homme à la cicatrice

CALIFORNIAN CRAWL

> *Murphy, la vie n'est qu'apparence et décor.*
>
> SAMUEL BECKETT

Le père de Hank est mort. Il jouait au golf et sa balle a filé dans le bois. Il y est entré pour la chercher. Au bout d'une heure le caddie, préoccupé, est allé voir : l'homme était là, mort.

Son pantalon était déboutonné. Il semble qu'il était en train de se masturber quand il est mort. Sans doute le golf ne le distrayait-il plus assez.

Maintenant Hank est là, au bord de ma piscine. Il porte une chemise bleue ornée de losanges comme celle de Percy Sledge sur la pochette d'un vieux disque ; je ne suis pas sûr qu'il s'agisse vraiment bien de Percy Sledge, c'est peut-être un autre chanteur, mais Hank est bien Hank, l'année dernière on était encore gamins tous les deux : pour le moment, il ne semble pas affecté par la mort de son vieux, il s'est acheté une paire de lunettes noires à monture rose et sa mère lui a dit, ça te semble des lunettes convenables pour un enterrement ? Hank ne lui a rien répondu, il avait branché son walkman.

La mère de Hank boit parce qu'elle a le cancer du foie, ou peut-être a-t-elle le cancer du foie parce qu'elle boit, je ne sais pas, de toute façon elle boit comme une Cheyenne et maintenant, avec un héritage d'un demi-million de dollars, elle pourra boire encore plus.

Hank est donc assis au bord de ma piscine, avec sa chemise bleue ornée de losanges comme sur le disque de Percy Sledge ; il sort de la coke de sa poche et fait une ligne sur le bord de ma piscine. Dès qu'elle le voit, Lisa nage vers le bord, un bras suit l'autre alors que le premier remonte déjà, et elle avance comme ça dans l'eau bleue, ses cheveux blonds emprisonnés dans un bonnet violet ; le soleil de Californie entre par les cloisons de verre et de sapin suédois, faisant étinceler les gouttes d'eau que Lisa projette, les lunettes roses de Hank posées sur une chaise longue, et sa ligne blanche de coke sur le bord de ma piscine.

— Tu ne devrais pas sniffer autant, Hank, dit Lisa, et elle fait disparaître la ligne de coke à l'intérieur de son beau petit nez de Bostonienne.

— Tu pouvais m'en laisser, merde, dit Hank.

Il se prépare une autre ligne et l'aspire avec la paille de ma Ginger Ale, et je suis obligé d'aller en prendre une autre, à l'intérieur ; pendant que je suis là, à chercher dans le bar, je vois ma mère, ivre, qui porte un kimono dont les motifs ressemblent à ceux de l'enseigne du restaurant japonais de Palos Altos.

— Tu mets de l'eau dans toute la maison, Peter, dit-elle.

— Le père de Hank est mort, dis-je, et il n'y a plus de pailles.

Ma mère me regarde. Elle a vieilli, depuis la dernière fois que je l'ai vue. Elle me caresse les cheveux à sa manière californienne, et je ne sais pas si je dois aimer ou détester.

— Quel âge as-tu, Peter ? me demande-t-elle.

— Vingt et un, maman.

Je me mords les lèvres. Je n'arrive jamais à lui dire la vérité.

— Vingt et un ans, répète-t-elle mécaniquement, comme si elle n'y croyait pas.

— Vingt et un ans, répète-t-elle mécaniquement, comme si elle n'y croyait pas.

— Vingt et un ans, répète-t-elle mécaniquement, comme si elle n'y croyait pas.

Elle se passe les mains sur le visage et les retire verdâtres à cause de sa crème de beauté au concombre. Elle soupire.

— J'ai toujours rêvé qu'un jour tu saurais boire dans un verre sans paille.

— Ça ne me paraît pas si important que ça, maman, dis-je nerveusement.

— Oh non, ça ne l'est pas, dit-elle en se mettant à pleurer, mais je voudrais tant que tu ne sois pas gay…

— Maman, je ne suis pas gay…

— Oh si ! Les gays boivent avec une paille, dit ma mère en s'allongeant sur notre divan italien. Ton père buvait tout avec une paille, même l'alka seltzer. Ma vie a été un enfer. Ton oncle Richard, lui, c'était un homme. Il était capable de broyer une boîte de Coca-Cola d'une seule main.

— Je m'en souviens, maman. Il broyait aussi celles des autres. Une nuit, dans un bar, deux Mexicains l'ont roué de coups…

— Peter, cria Lisa de la piscine, Hank va mal. Il vomit !

— Le père de Hank était gay, dit ma mère, et Hank l'est aussi. Je ne veux pas que tu le fréquentes. Il est si, si… Je pense que je vais aller en ville pour m'acheter des chaussures de jogging. Tu m'accompagnes, Peter ?

Je souris. Elle fait toujours ça quand elle veut me blesser. Elle a une armoire pleine de ces maudites chaussures. Je retourne à côté, à la piscine. Deux amis de Lisa sont arrivés, des Japonais je crois, et ils se sont mis à poil pour prendre le soleil. Hank a vomi dans la piscine.

— Allons dans l'autre piscine, dis-je.

Tout le monde me suit. Nous traversons un grand pré qui vient d'être tondu, et qui a une bonne odeur de pré qui vient d'être tondu. Quand j'étais môme, je m'étendais souvent dans le pré, et je restais des heures à penser à ce qui m'arriverait si une faucheuse passait à ce moment-là ; un jour, d'ailleurs, unc faucheuse est passée, et je me souviens de l'hôpital, à San Francisco, et moi, immobile, écoutant

Susie darling de Robin Luke et mangeant de la purée : c'est alors qu'a commencé l'histoire de la paille, avec les bras dans le plâtre je ne pouvais pas boire autrement, oh merde, comment je pourrais t'expliquer ces conneries maman, la seule chose certaine, c'est que nous sommes trop riches pour comprendre quoi que ce soit, papa le disait toujours.

— Comme ça, tu as deux piscines, dit Lisa.

Toute mouillée avec ses cheveux secs, cela fait un étrange contraste ; en plus il y a ses deux yeux bleus, mais pas tout à fait, avec une petite bille noire au milieu : elle est vraiment à hurler, je comprends pourquoi Wayne s'est flingué pour elle, j'aimerais tant, moi aussi, trouver quelqu'un pour qui me flinguer, ou que je flinguerais. Hank a disposé sur une table quatre lignes de coke en forme de croix gammée. C'est un gamin, au fond.

— Tu ne devrais pas sniffer autant, Hank, dit Lisa.

— Je devrais arrêter, bordel, dit Hank, mais le Viêt-nam est une saloperie qu'on n'oublie pas comme ça.

Il n'a jamais été au Viêt-nam, Hank. Il confond avec Bangkok, le premier endroit où, à six ans, il a sniffé, dans une suite de l'*Imperial Hotel*, pendant que son père s'envoyait une femme de chambre sur la terrasse. Les deux Japonais font maintenant du taï chi au bord de ma piscine. Sam arrive avec son amie, un modèle pour paréos, il voit Hank et dit :

— J'ai appris, pour ton père.

— Qu'est-ce qui lui est arrivé ? demande Hank.

Je m'aperçois que sa chemise bleue n'est pas ornée de losanges, mais de mangues, de toute façon elle est comme celle de Percy Sledge, ou peut-être celle de Perry Como, je me souviens que c'était un disque noir et rond avec un trou au centre, qui était au-dessus de mon lit, près du poster de mammy Papera, et qui était rayé. A l'époque j'avais deux mille pailles usagées sur ma table de nuit, et quand mon père les a trouvées, il a dit que peut-être un voyage en Europe me ferait du bien. Je suis resté un mois à Paris et, à mon retour, il y avait des étudiants coréens dans ma chambre.

— On pensait que tu ne reviendrais pas, dit ma mère.

C'est à ce moment-là qu'elle a commencé à boire. Maintenant, la voici qui paraît au bord de ma piscine avec son regard aigu de Californienne, une perruque rouge et un tee-shirt de Prince. Elle cherche à se montrer branchée quand mes amis sont là.

— Une ligne de coke, madame ? lui dit Hank.

— Tu ne devrais pas sniffer autant, Hank, répond ma mère.

— Je devrais arrêter, bordel, dit Hank, et il se prépare une ligne qui fait le tour de la haie et prend fin devant le garage.

— Que diriez-vous d'un Martini ? dit ma mère.

— Fais-en quarante, dit Sam. Tu as appris, pour le père de Hank ?

Ma mère plonge et se met à nager, un bras suivant l'autre, et une fois que le bras dans l'eau s'est levé, l'autre décrit une courbe puis sort à son tour, et le premier replonge, mais elle n'avance pas. Je m'aperçois qu'elle a pied et fait seulement semblant.

Les deux Japonais rient, contents.

Sam dit qu'il y a un concours de frisbee pour chiens en bas, à Redondo Beach, et que le chien de son analyste y participe.

— C'est merveilleux, dit le modèle, on y va ?

— C'est hors de question, dit Sam.

Le soleil descend derrière Santa Monica Boulevard, et les nuages californiens passent, l'un d'eux ressemble à un bœuf et l'autre à un frisbee, un autre encore à Percy Sledge dormant, un autre à un chihuahua.

— Autrefois, on avait un chihuahua, dit Hank. Mais mon père l'a tué avec le DDT. On était heureux, à cette époque.

Son sachet de coke tombe à l'eau. Il plonge. On ne le voit pas revenir à la surface.

— J'ai fait la connaissance d'un metteur en scène anglais, dit le modèle. D'après lui, j'ai le visage idéal pour jouer dans un film sur la vie de Dianne Arbus.

— Hank ne devrait pas sniffer autant, dit ma mère en le voyant étendu au fond.

Hank gargouille quelque chose.

— Il vaut peut-être mieux vider la piscine, dit ma mère, mais personne ne l'écoute. Elle rédige alors en vitesse quelque chose sur son carnet de chèques. Cinq mille dollars pour qui videra la piscine, et cinq mille pour qui pratiquera la respiration artificielle à Hank, dit-elle en agitant le chèque.

Lisa se met à rire. C'est toujours comme ça quand elle entend parler d'argent. Cela fait partie de ses complexes. Quand elle avait douze ans, son père s'est jeté du vingtième étage à la suite d'une erreur boursière. Son frère l'a imité l'année dernière. Son autre frère vit sur le rebord d'une fenêtre, dans un hôtel de Miami.

— Qu'est-ce qu'il y a de drôle ? dit Sam. Il y a une télévision, là-dedans ?

Ils partent tous voir le basket, y compris les Japonais.

— OK, maman, je vide la piscine, dis-je, mais avec une paille.

Ma mère me jette le shaker à la figure, saute sur sa Honda, et disparaît en descendant le boulevard à contresens. Lisa et moi repêchons Hank, il pèse peut-être deux cents kilos en comptant l'eau, la coke, le chlore et le reste.

— Un jour, à Boston, j'ai vu un Noir renversé par terre, juste comme Hank. Peter, tu crois que tous les morts se ressemblent ?

— On n'a pas de temps à perdre avec ces bêtises, Lisa, dis-je. Je soulève Hank et l'allonge dans le pré.

— Tu ne penses qu'à tes amis, dit Lisa, soudain sévère.

— Va-t'en, dis-je, tu es ivre.

Je m'étends sur une chaise longue. Bois quatre Martini sans en avoir envie. Puis replonge et mets un bras dans l'eau, puis l'autre, tandis que le bras de devant pousse et devient le bras de derrière, et ainsi de suite. C'est une chose que nous autres, Californiens, nommons le crawl. J'entends un sifflement. C'est Hank qui est en train de se dégonfler comme un canot pneumatique, et il rejette de l'eau. Mon frère Roger entre avec son amie, une Rockefeller qui fait de la photo.

— J'ai vu passer maman, dit-il, elle roulait au moins à deux cents à l'heure.

Roger a fait ses études en Europe.

— Tu sais ce qui est arrivé au père de Hank, et à Hank ? dis-je.

— Comment ça s'est terminé, le match ? dit mon frère.

Nous n'avons jamais été très d'accord, lui et moi. Je ne suis même pas sûr qu'il soit mon frère, un jour, je l'ai trouvé au lit avec ma mère. Ou bien est-ce lui qui m'y a trouvé ? Je ne m'en souviens plus. Oh, merde, quelle barbe, la Californie !

— Je prends une photo de toi ? dit la fille Rockefeller.

— Prends-en plutôt une de Hank, dis-je. Après, je veux en faire un portrait.

La mère de Hank arrive, complètement ivre. Elle défonce la vitre de la piscine avec sa Cadillac. Elle est encore vêtue de noir, pour l'enterrement.

— Pourquoi mon connard de fils m'a-t-il laissée tomber ? crie-t-elle.

Puis elle le voit et dit :

— Tu ne devrais pas sniffer autant, Hank.

Sam revient en disant que les Lakers ont gagné et que Worthy a marqué trente points. Ça ne changera jamais. Il n'y a que ça qui l'intéresse. Je pense qu'il n'a pas lu un seul livre ni utilisé une seule paille de sa vie. Je voudrais mourir, mourir, mourir. Mais c'est devenu tellement ordinaire…

Le récit de l'homme au manteau

OLÉRON

> *Le pays de notre nostalgie est au contraire celui de la norme. C'est le pays digne, aimable, c'est la vie dans sa séduisante banalité.*
>
> THOMAS MANN

Vers minuit l'orage éclata. Des coups de tonnerre sourds, lointains, l'avaient annoncé, puis les éclairs avaient commencé à illuminer les rideaux de châtaigniers au bord de la route. Quand il se mit à pleuvoir à verse, je ralentis. Le col de Badle n'est qu'à cinquante kilomètres de la ville, mais il donne l'impression de traverser une terre oubliée. La route est étroite et défoncée, pleine de virages en épingle à cheveux qui s'enroulent autour de grandes parois de roche livide, ou s'avancent sur l'abîme de la vallée qui porte le nom de vallée de l'Ombre. Le soleil n'y pénètre jamais profondément, et le peu de lumière qui franchit la barrière des montagnes va s'éteindre dans une forêt épaisse et humide, peuplée d'arbres morts. Il y a très peu d'habitations, presque toutes abandonnées.

Je conduisais avec prudence et appréhension, mais bientôt la pluie fut si violente que le ballet frénétique des essuie-glaces n'arriva qu'avec beaucoup de difficultés à me laisser quelques instants de visibilité. Un vent impétueux pliait les cimes des arbres, les branches qui dépassaient tapaient contre la carrosserie en faisant un bruit sourd. Une de celles-ci, semblable au bras d'un singe monstrueux, couvrit complètement le pare-brise, si bien que je dus m'arrêter tout de suite.

J'ai allumé la radio pour me redonner du courage : j'avoue que j'avais peur. Il y avait encore une heure de route avant d'arriver au village le plus proche, et je n'aurais pas aimé me trouver bloqué à cet endroit. Mais la radio resta muette. J'étais au pied d'une profonde gorge, d'où j'entendais dévaler un torrent : aucun signal, ai-je pensé, ne pouvait arriver jusqu'à moi.

J'ai cherché à repartir, sans y parvenir. La voiture avançait par à-coups, et toussait, mais ne donnait pas le moindre signe de vouloir faire entendre le bruit rassurant du moteur qui tourne. Jusqu'à ce que tout s'arrête. Ce fut alors que je perçus le silence séculaire de cette forêt.

J'ai allumé une cigarette en tentant de me calmer. Quelqu'un passerait peut-être, malgré l'heure tardive. J'ai essayé d'imaginer ce que je raconterais à Léa, qui m'attendait dans un vieil hôtel de Badle. Nous plaisanterions sur les "risques" de mon métier de journaliste. Puis mes pensées prirent soudain une autre direction, moins rassurante.

Je suis né dans une vallée proche de celle-ci, et je me souviens encore des étranges histoires qui circulaient sur les habitants de la vallée de l'Ombre. L'hiver, un vieil Ombrais de haute stature, au visage effilé et à la barbe grise, passait par mon village. Il portait un manteau de fourrure, au dos duquel retombait une tête de loup. Il traversait le village pour acheter des sacs. Des douzaines de sacs. Puis il repartait. Une nuit, je l'entendis s'en aller en fredonnant cette chanson :

La lumière n'efface pas l'ombre,
L'ombre efface la lumière.
Le jour joue avec toi, puis il te délaisse,
La nuit sera ta maîtresse.

N'entendais-je pas maintenant, dans le bruit du vent qui ployait les arbres, les notes de cette mélodie ?

Un frisson me passa dans le dos. La température diminuait à l'intérieur de l'auto. Je réagis soudain par un mouvement de colère : il n'était pas possible qu'à quelques kilomètres des lumières de la ville je me laisse effrayer par un orage automnal. Je sortis de l'auto, et la pluie glacée me cingla le visage.

Je fis quelques pas et repris tout de suite courage : une lumière vacillait juste au bout du virage suivant.

Je me suis avancé, salissant mes chaussures dans le ruisseau d'eau boueuse qui arrivait de la falaise érodée par la pluie. Un oiseau nocturne passa au-dessus de moi, suspendu dans l'ombre, et poussa un cri étouffé. Sans m'en apercevoir, quand je suis arrivé devant la lumière, j'étais en train de courir. J'entrevis une maison de paysans aux murs lépreux. Les fenêtres semblaient fermées depuis des temps immémoriaux mais, de la lunette sous le linteau, parvenait une faible lumière. J'ai frappé et, au bout d'un moment ponctué par deux éclairs épouvantables, la porte s'est ouverte : j'ai alors vu quelqu'un dont, dans un premier temps, je ne réussis pas à distinguer les traits. Ce pouvait être un enfant, ou un homme très petit. Sa voix était un râle, une voix de malade, et je n'en comprenais pas les mots. Quand l'individu leva la lampe, je vis que c'était une vieille femme. Une vieille femme affreuse, avec des yeux exorbités de crapaud, sur un visage abîmé par ce qui ressemblait à une brûlure. Elle était déformée par l'arthrose et se déplaçait comme si des fils invisibles la tordaient, la persécutant. Sa bouche édentée était enduite d'un rouge vif et, sur ses joues pâles, elle avait mis une maladroite touche de poudre. Une morte prête pour aller au bal, me dis-je dans un frisson. J'ai maîtrisé mes nerfs et commencé à lui expliquer ma situation.

— Je suis tombé en panne avec mon auto, juste en contrebas… Si vous pouviez me laisser téléphoner…

La vieille se mit à rire. Un rire infantile, cruel.

— Ici, il n'y a pas de téléphone… Mais vous pourrez en trouver un plus haut, dans la villa Oléron…

Ce nom fut pire que tout.

— Oléron, avez-vous dit ? Le comte Oléron ?

— Le comte Maurizio Denian d'Oléron, précisa la vieille. Vous le connaissez ?

— Nous étions… camarades d'école, répondis-je.

— Alors, dit la vieille, vous n'aurez pas de difficulté à vous faire aider. Juste derrière, il y a un escalier. Montez, et vous trouverez la villa Oléron. Elle n'est pas éclairée, faites attention où vous mettez les pieds. Et je vous recommande – un éclair passa dans les yeux de la vieille – surtout, entrez par la porte principale. N'entrez *en aucun cas* par la porte de derrière, celle au battant à tête de loup… Suivez mon conseil, monsieur Egistus.

— Merci, dis-je, mais… Comment se fait-il que vous connaissiez mon nom ?

La vieille ne répondit pas. Elle referma la porte. En me retournant, j'eus l'impression de voir le visage d'un homme, derrière la fenêtre.

Je dois maintenant vous expliquer pourquoi ce nom avait provoqué en moi un tel trouble, et pourquoi je me suis arrêté sous la pluie, m'asseyant sur un banc de pierre, incertain quant à l'opportunité de grimper ou non les escaliers qui menaient à la villa. Oléron et moi avions été camarades de pensionnat, et avions été liés par une étrange amitié.

Mais moi, j'avais toujours eu peur de lui, depuis le jour de son arrivée. Je fréquentais alors le pensionnat Filodossi, un bâtiment laid, de style mussolinien, construit sur la colline de la vallée de Lyz. On y accédait en suivant une longue allée bordée de marronniers. Un soir, nous étions déjà au milieu du premier trimestre, nous vîmes s'avancer dans l'allée une voiture de style ancien, tirée par deux chevaux. L'apparition inattendue fut complétée par la descente d'Oléron. C'était un garçon maigre aux petits yeux presque orientaux, avec des sourcils bruns longs et épais qui contrastaient avec la délicatesse du reste du visage. Ses cheveux étaient coiffés en arrière, et il était entièrement vêtu de noir, avec deux épingles en or sur le revers.

Il fut installé dans l'aile la plus reculée du pensionnat, dans une annexe au bord d'une pièce d'eau. Le premier soir, quand il se présenta au réfectoire, son aspect et la réputation de noblesse de sa famille en firent la cible de quelques boutades prononcées à mi-voix. Mais les plaisanteries cessèrent immédiatement devant son regard glacé. Il y avait en lui quelque chose de froid et de distant qui inspirait la peur.

— C'est comme s'il y avait une odeur de cimetière, commenta, je m'en souviens, un pensionnaire ; mais sa boutade ne réussit à faire rire personne.

Au bout de quelques jours, Oléron avait déjà installé entre les autres pensionnaires et lui un rideau d'isolement. Il ne semblait pas le faire par snobisme, ni par fierté. Il ne s'intéressait pas à nous dans la mesure où *rien* ne semblait l'intéresser. Il ne parlait à personne et les enseignants, comme nous, avaient peur de lui. C'était un élève tout à fait imprévisible. Quelquefois, appelé au tableau, il disait simplement "je ne viens pas", d'un air ennuyé. Et personne ne réussissait à le convaincre : il laissait l'enseignant s'épuiser en sermons. Quelquefois, au contraire, il brûlait d'une passion soudaine pour certaines matières. Il excellait en latin et en grec, aimait certains aspects des sciences naturelles, l'anatomie par exemple. Il était indifférent à la littérature, mais son attention se réveillait quand apparaissaient des scènes sanglantes, des morts violentes, des paysages infernaux. Ses rédactions étaient le plus souvent ternes, en opposition avec son personnage, comme si, par leur intermédiaire, il avait voulu faire mine d'être normal. Et tout à coup une phrase, un mot les rendait inquiétantes. Il passait tout son temps libre dans un coin de la bibliothèque et, jetant un coup d'œil, je pouvais le voir penché sur des livres dont les auteurs m'étaient alors inconnus, Milton et Lovecraft, Poe et Petrus Borel, Nodier, Lacenaire, Blake, Sade, Swinburne, ainsi que sur des textes de magie noire et de démonologie. Ses mains blanches crispées sur ses tempes, il lisait pendant des heures. Et rien de ce qui se passait dans le pensionnat ne semblait le concerner. Le soir, il ne venait même plus au réfectoire, ayant obtenu la permission de manger dans sa chambre. Souvent, on voyait sa lampe allumée tard dans la nuit, à travers la fenêtre qui donnait sur la pièce d'eau.

Les enseignants, après une réunion où le directeur leur avait fait part d'informations concernant la "particularité" de l'élève, se résignèrent à ses bizarreries ; les petits sourires moqueurs et les bavardages des élèves disparurent aussi. Seul un certain César, un garçon épais et agressif, une espèce de chef de classe, n'appréciait pas le détachement d'Oléron, qu'il appelait avec mépris "Sa Majesté". Et il jurait que, tôt ou tard, il le "remettrait à sa place".

Deux fois par semaine, nous descendions dans le jardin du pensionnat, où le soi-disant professeur de gymnastique, un petit vieux avec un seul poumon, faisait semblant de nous donner cours. En réalité, l'éducation physique n'était pas tenue en grande estime, et c'est pourquoi seuls quelques héros se mettaient à improviser des matches de volley, tandis que les autres somnolaient ou assistaient à la partie en sifflant ou en encourageant les joueurs.

En ces occasions, Oléron disparaissait au milieu d'un massif de rosiers sauvages, et ne donnait plus signe de vie. Il advint qu'un jour, César décida qu'il fallait faire un match "sérieux" et, usant de manières de maître, il nous convoqua un à un au milieu du terrain.

— Nous sommes douze dans la classe, dit César, et, pour une fois au moins, nous jouerons régulièrement, à six contre six !

— Oui, rétorqua Werner, un roux malveillant, mais le douzième est Sa Majesté.

César resta un moment immobile, soufflant de colère au centre de notre petit groupe.

— Cette fois-ci Sa Majesté jouera, dit-il, et il s'avança vers le massif de rosiers.

Nous le suivîmes, et le vîmes hésiter devant les buissons. Il y avait là le mystérieux Oléron, qu'aucun de nous n'aurait voulu défier.

— Hé ! damoiseau ! cria César, sors de là, on a besoin de toi.

Oléron ne répondit pas.

— Hé ! cria de nouveau César, furieux, tu nous a assez cassé les pieds avec tes grands airs… Ou tu viens ici jouer avec nous autres mortels, ou je te fais un bel œil au beurre noir qui ira bien avec tes habits.

César se tourna vers nous pour constater l'effet de sa boutade. Personne ne souffla mot.

Oléron sortit de son maquis. Ses yeux brillaient d'une lueur ironique, et une épine lui avait égratigné la joue, faisant une marque rougeâtre comparable à la moustache d'un animal. Il avait une main derrière le dos. Il défia le regard de César qui avait perdu une bonne partie de son assurance ; mais comme celle-ci était en jeu, il dit :

— Damoiseau, je ne sais pas ce que tu fais de si divertissant là-dedans, mais maintenant, tu vas venir jouer avec nous.

Oléron sourit : un sourire pareil à une plante vénéneuse. Puis il écarta lentement sa main de son dos, et la leva devant les yeux de César. Entre ses doigts il tenait une de ses épingles et, sur l'épingle, transpercé, un gros papillon agonisait dans un dernier frémissement d'ailes.

— Moi, je m'amuse comme ça, dit Oléron.

Nous reculâmes. Dès lors, personne ne défia plus Oléron, ni ne chercha sa compagnie.

Quelques mois passèrent. Oléron s'isola toujours plus. On disait que, pour un certain nombre de raisons, les femmes de ménage ne voulaient plus entrer dans sa chambre, et il avait obtenu de pouvoir la ranger lui-même et d'en garder la clé. En classe, il continuait à faire alterner d'excellentes versions latines et grecques avec des refus catégoriques de se laisser interroger. En outre, si la matière avait un rapport avec l'Eglise ou la religion, il sifflait des phrases méprisantes et des blasphèmes incompréhensibles. Il continuait à lire ses livres maudits que personne n'osait confisquer, et devenait toujours plus maigre et plus pâle. Depuis son arrivée au pensionnat, personne n'était jamais venu le voir, et il ne semblait pas qu'il eût écrit ou reçu une seule lettre.

Au début de février, il commença à arriver en retard aux cours. Il venait avec les yeux cernés comme après une nuit d'insomnie, et il s'écroulait sur sa table. Il s'endormait souvent, et se réveillait en poussant un cri étranglé.

Il se mit à refuser aussi les interrogations en latin et en grec. Un matin, il arriva avec une blessure au cou. A la fin de la dernière heure, alors que nous nous préparions à quitter la classe, je vis qu'il n'avait même pas la force de se lever de sa table. J'en eus pitié et, vainquant ma peur, je dis :

— Tu ne vas pas bien ? Tu as besoin d'aide ?

Il ne répondit pas. Je lui ai touché une main, elle était gelée. Il leva brusquement la tête et hurla :

— Je vais très bien et je n'ai besoin de personne !

Il se leva en chancelant, et alla s'enfermer dans sa chambre.

Mais l'après-midi, j'eus une surprise. J'étais en train d'étudier l'histoire dans la bibliothèque du pensionnat, une pièce aux plafonds très hauts, ornée de fresques représentant des scènes symboliques qui, dans l'intention du peintre, devaient évoquer *La Divine Comédie*.

Oléron glissa silencieusement près de moi. Il posa un livre sur la table, et me montra une illustration. C'était une scène monstrueuse : un palais oriental où deux tigres dévoraient des jeunes filles et des jeunes gens sous les yeux d'un sultan sadique.

— C'est plus intéressant que tout ça, non ? dit Oléron en indiquant les rayonnages de livres qui nous entouraient. L'histoire ne dit pas la vérité, ajouta-t-il en fermant mon livre, parce qu'elle ne dit pas ce qui s'est passé dans les châteaux mystérieux, dans les chambres secrètes. L'histoire reste derrière une porte close. Héroïsme, conquêtes, progrès : mensonges ! L'histoire est faite de cruautés !

Je ne répondis pas. Les illustrations du livre m'attiraient et m'effrayaient. Oléron me lut un passage :

— Ecoute, dit-il, les paroles d'un vrai poète :

Le feu est ma tendresse
Car l'ange et le fauve ensemble
En mon esprit sont enlacés.
La vie la plus sacrée est dans l'agonie,
Pourquoi alors ne devrais-je t'aimer,
Pourquoi alors ne devrais-je te tuer ?

— Cela ne me semble pas des propos sensés, dis-je nerveusement. Et certainement que personne ne ferait une déclaration de ce genre à une fille.

Oléron sourit et me montra un autre livre. C'était *Le Procès de Gilles de Rais*.

— Lui aussi était un homme, dit-il en s'animant, né de l'amour d'un homme et d'une femme. Tout ce qu'il a fait, il l'a fait parce que c'était dans sa nature. Comme dans la tienne et la mienne. Si le radotage des "professeurs" de ce pensionnat, de cette prison, n'éteint pas notre désir de vérité, nous pourrons être comme lui.

Et il regarda avec mépris l'enseignant d'histoire qui se trouvait lui aussi dans la bibliothèque. Comme s'il avait perçu ce regard, l'enseignant nous dit de nous taire et de ne pas déranger. Je me mis à lire avidement les prouesses scélérates de Gilles de Rais. Et Oléron, ne regardant ni le livre ni moi, souriait comme si nous lisions ensemble, comme si chaque page de ce livre était gravée dans son esprit.

Le lendemain, en classe, je n'arrivais pas à prêter attention au cours. Oléron, soudain, fut de nouveau près de moi. Il me montra un petit livre imprimé sur papier vélin, et une illustration. C'était un dessin de Beardsley pour *Ligeia* d'Edgar Allan Poe.

— Qu'en penses-tu ?

— C'est fascinant, Oléron, répondis-je, mais où nous mènent ces livres ? Quel espoir peuvent-ils nous donner ? Pourquoi devons-nous les préférer aux livres qu'on nous propose à l'école, où tout est clair et rationnel ?

— Tu as bien dit, Egistus, répliqua Oléron. Nous le *devons*. Ecoute ces mots de Baudelaire sur Edgar Allan Poe : “Existe-t-il donc une Providence diabolique qui prépare le malheur dès le berceau, qui jette avec *préméditation* des natures spirituelles et angéliques dans des milieux hostiles, comme des martyrs dans les cirques ? Y a-t-il donc des âmes *sacrées*, vouées à l'autel, condamnées à marcher vers la mort et la gloire à travers leur propre ruine ? Le cauchemar des *Ténèbres* assiégera-t-il éternellement ces âmes de choix ? Vainement elles se débattent, vainement elles se forment au monde, à ses prévoyances, à ses ruses ; elles perfectionneront la prudence, boucheront toutes les issues, matelasseront les fenêtres contre les projectiles du hasard ; mais le Diable entrera par une serrure ; une perfection sera le défaut de leur cuirasse, et une qualité superlative le germe de leur damnation.”

Cela marqua le début de mon amitié avec Oléron. Je réussis bien vite à comprendre les motifs de ses préférences scolaires.

— Le latin et le grec, m'expliqua-t-il, sont les langues des livres de magie. L'arabe et le chinois ancien sont aussi des langues qui recèlent des secrets. Aucune langue moderne n'est utile pour interpréter les signes du temps avant le temps.

— Et qu'est-ce que tu veux dire, ai-je demandé, en parlant de temps avant le temps ?

— C'est l'endroit où habitent ceux qui existaient avant nous, et qui un jour peupleront de nouveau le monde. Quand ils reviendront, ils nous interrogeront dans ces langues. Malheur à ceux qui ne connaîtront pas ces antiques formules, à ceux qui ne sauront pas prier ! Et pas les sordides prières de la capitulation et de la soumission. Les prières de la bataille. Le cri de l'ange déchu. Nous nous réunirons alors, et brûlerons sur le bûcher ceux qui nous assassinèrent sur le bûcher !

Bien que paraissant sceptique, j'étais effrayé. Je tentais en vain de me faire expliquer par Oléron le sens de ses phrases obscures. Mais je n'étais évidemment rien d'autre qu'un miroir pour ses pensées. J'étais toujours plus fasciné par lui, si bien que, petit à petit, je perdis le goût pour les études. J'attendais avec anxiété le moment où Oléron m'apporterait un nouveau livre. J'ai commencé moi aussi à chercher ces textes. Ce changement ne passa pas inaperçu. Les professeurs informèrent mes parents des préjudices que cette amitié causait à mes résultats scolaires. Mes camarades commencèrent à m'éviter.

Un soir, alors que je me promenais dans le jardin, je fus abordé par une femme qui travaillait aux cuisines.

— Ne le fréquentez pas ! me dit-elle, et sa voix trahissait la peur.

— De qui parlez-vous ?

— Ne fréquentez pas cet étrange garçon, monsieur Egistus ! Jusqu'à une date récente, je logeais dans une des maisons proches de la pièce d'eau. Toutes les nuits, de la chambre de ce garçon, me parvenaient des bruits étranges. Un matin, j'ai jeté un coup d'œil à la fenêtre. Tout était renversé… bouleversé. Et le matelas donnait l'impression d'avoir été éventré par… je ne sais quelle main… et sur le mur… il y avait des signes…

— Quels signes ?

Elle ne répondit pas. De l'obscurité, comme par enchantement, était arrivé Oléron. Une mèche de cheveux noirs couvrait la moitié de son visage, et l'expression avec laquelle il regardait la femme était terrible. La femme s'enfuit, et je la vis même faire son signe de croix.

— Quelque chose me dit que vous étiez en train de parler de moi, dit Oléron d'une voix sifflante.

J'ai donné une réponse au hasard, inquiet. J'avais l'impression que la respiration de mon camarade était étrange. Je remarquais pour la première fois la longueur de ses mains.

— Tu ne vas pas croire, me dit-il, tout ce qu'on raconte sur moi…

— Oléron, répondis-je précipitamment, pourquoi ne m'as-tu jamais fait visiter ta chambre ?

— Tu n'es pas prêt, dit sèchement Oléron, et il s'éloigna.

Pendant quelques jours, nous nous fréquentâmes très peu. De nombreuses histoires inquiétantes fleurissaient à son sujet. J'appris qu'il avait perdu ses parents, et qu'il vivait seul dans une vieille maison de Barcairn. Que deux de ses frères étaient morts d'une maladie mystérieuse, d'origine nerveuse. Qu'on l'avait vu fréquenter les bordels de la ville où, en raison de son jeune âge, la police l'avait arrêté et ramené chez lui. Certains assuraient que c'était un pervers. Un bruit plus terrible concernait ses cruautés, qui avaient poussé sa famille à le boucler au pensionnat. Et, détail inquiétant, Oléron avait refusé de se soumettre à la visite médicale avant d'entrer au pensionnat.

Comme cela arrive parfois, ces informations distillées au compte-gouttes finirent par produire l'effet contraire. J'ai pensé que ce n'était pas juste que tout le monde lui en veuille. Au fond, il était seul et n'ennuyait personne, à la différence de tant de "bons gars" dont je connaissais les perfidies et les méchancetés. Il y avait, dans son digne isolement, quelque chose de désespéré. Depuis que j'avais fait sa connaissance, les livres scolaires n'avaient plus le même sens pour moi. Peu à peu, mon manque d'intérêt pour les études devint total, et mon regard sur mes camarades se fit aussi méprisant que celui d'Oléron.

"Aucun des propos que nous entendons dans cette prison n'est digne d'être écouté", disait-il.

C'était peut-être vrai. D'autres mots existaient sans doute, dans une langue mystérieuse et terrible. Avec quoi, avec qui, devions-nous faire alliance ?

Un matin, à ma grande surprise, j'ai trouvé Oléron qui m'attendait dans la cour. Il faisait très froid, il avait neigé. Oléron portait un manteau noir, un peu ridicule pour un garçon de son âge. Sans un mot d'explication il me dit :

— Aujourd'hui, pas d'école. J'ai quelque chose à te montrer.

Nous allâmes jusqu'au vieux mur d'enceinte qui fermait le pensionnat du côté des champs. Quelques briques avaient été enlevées, et l'escalade était facile. Certains élèves utilisaient ce "passage" pour leurs excursions nocturnes, mais nous l'utilisâmes de jour, et ce fut miracle que personne ne nous vît. Oléron sauta avec une agilité insoupçonnée, et se mit à marcher d'un bon pas sur la route qui menait à la ville.

Sans s'occuper de mes questions, il obliqua par un chemin de gravier entre des buissons de mûres, jusqu'au moment où nous arrivâmes devant un bâtiment blanc. Oléron grimpa sur un mur, puis sur le toit d'une maison. De là, on pouvait voir la cour du bâtiment, où se promenaient quelques hommes. A leurs mouvements et à leurs cris, il n'était pas difficile de comprendre que c'étaient des fous furieux, et qu'il s'agissait de la cour d'un asile.

— Les voilà, dit Oléron. Eux, ils ont vu *ceux qui étaient là avant*. Ils ont regardé la Méduse dans les yeux. Melmoth parle pour eux, avec une voix de bête féroce.

J'écoutais apeuré le délire d'Oléron, entrecoupé par les cris et les implorations des malheureux. Mais, dans la voix d'Oléron, il n'y avait aucune pitié.

— Ceux-là ont rencontré la vérité, et la vérité les a brisés. Et pourtant, certains d'entre nous peuvent la regarder en face. Quand je la rencontrerai, je ne répondrai pas par ces cris et ces balbutiements. Moi, je dirai : "Salut, je suis avec vous. Comme vous, je veux le mal, de toutes mes fibres les plus secrètes. Protégez-moi, et je serai des vôtres, comme avant moi le furent Caligula et Gilles de Rais, Cortez et Vlad Drakul !"

Oléron semblait complètement possédé :

— Ceci est le chemin, Egistus. Ceci est la preuve qu'ILS existent ! Qu'est-ce qui peut avoir réduit ces gens à cet état ? Ce qu'on nous enseigne à l'école, peut-être ?

Ses traits étaient altérés, tandis qu'il m'immobilisait les bras en les serrant avec une force insoupçonnée. Je m'aperçus qu'il était en train de me pousser en arrière, sur le toit en pente.

— Arrête, ai-je hurlé, tu me fais tomber !

Oléron ne parut pas m'entendre. Il me poussa jusqu'à la gouttière. Sous moi, je perçus un vide de plusieurs mètres. J'ai crié, cherchant à me dégager. J'ai entendu un hurlement : une femme était sortie de la maison et regardait la scène, terrifiée.

Oléron s'arrêta, me soutint, et éclata d'un rire sonore.

— Courageux Egistus ! Tu veux connaître les secrets de l'Ombre, mais à la première plaisanterie, te voilà déjà terrorisé. Tu es un très mauvais disciple !

Je l'ai regardé tandis qu'il marchait devant moi sur le chemin du retour. Je me demandais ce qui se serait produit si cette femme n'était pas arrivée : aurait-il vraiment interrompu sa "plaisanterie" ?

Oléron semblait voler devant moi, ouvrant de temps en temps les pans de son manteau. Le ciel s'était couvert, et l'air était encore plus froid. Je me suis arrêté, fatigué, inquiet.

— Ne cours pas ainsi, dis-je, tu ressembles à une chauve-souris.

Oléron s'appuya alors contre un arbre, fermant son manteau. Il y avait quelque chose dans sa conformation, une difformité, que je n'avais pas remarquée auparavant. Je sentis qu'à ce moment précis, s'il l'avait voulu, il aurait pu faire survenir quelque chose d'horrible. Il se passa la main sur le visage. Je vis qu'il tremblait.

— Rentrons, dit-il.

Nous fûmes bien sûr découverts, au retour. On nous menaça d'expulsion. Mais c'était la période des vacances de Pâques, et nous fûmes pardonnés. Nous allions retourner chez nous pour vingt jours.

— Monsieur Egistus, dit le proviseur, vous aurez le temps de réfléchir à ce qui est en train de vous arriver. Vous étiez un excellent élève. Maintenant, il y a une ombre néfaste au-dessus de votre tête, et cette ombre porte un nom. J'espère que vous vous en libérerez. Quant à Oléron, la seule chose que je puisse dire est : Dieu ait pitié de lui.

Les quelques jours passés chez moi me donnèrent l'impression que le pensionnat était à mille milles de distance. C'était comme si, Oléron absent, toutes les pensées qui m'avaient intoxiqué s'étaient aussi évanouies. Je lisais encore les livres de Poe, Baudelaire, Nodier, Lewis et Milton, mais ils me semblaient tout autres. Rien de diabolique. Seulement l'imagination et les souffrances d'hommes pareils à moi.

Mes parents, me voyant si serein, furent très soulagés. Nous en arrivâmes même à parler plaisamment d'Oléron, que nous appelâmes "le comte hibou". Oui, absent, il n'avait aucun pouvoir. Entre-temps, des bruits me parvinrent selon lesquels il était tombé malade. A en croire ces bruits, il avait été impliqué dans des "actes innommables", et seul le prestige de sa famille avait permis d'étouffer l'affaire. Je rêvais de longues heures à ce que pouvaient être ces “actes innommables”.

Puis j’ai rencontré une fille. C’était la fille d’amis qui étaient venus nous rejoindre dans notre maison de campagne : blonde, les yeux bleus, un soleil. Bien sûr très différente des beautés des illustrations de Beardsley. Au bout d’une semaine, nous nous embrassions déjà, dans tous les recoins isolés ; et j’étais le plus heureux des hommes, tandis qu’elle s’exclamait en riant :

— Et dire que lors de ma première venue, mon père m’a mise en garde : “Il ne te plaira pas, m’a-t-il dit, c’est un garçon étrange, si triste !”

Je suis retourné dans ma “prison” du pensionnat. Mais il ne restait plus que trois mois avant la fin de l’école. Oléron n’était pas revenu. Je m’étais remis à fréquenter César et sa bande. Je passais mon temps à étudier et à écrire des lettres à Eléonora. Un matin, j’ai remarqué que mes camarades m’évitaient de nouveau. Il ne me fallut pas beaucoup de temps pour comprendre ce qui se passait. La fenêtre de la chambre donnant sur la pièce d’eau était ouverte. Oléron était revenu.

Je l’ai soudain trouvé devant moi, à la sortie du réfectoire. Il avait encore maigri, on eût dit un spectre. Il portait la marque d’une énième blessure à la gorge. Il commença à me parler, en délirant :

— Tu dois m’aider, Egistus. ILS sont venus et m’ont parlé. ILS sont plus forts que moi, mais j’ai résisté. Tu dois m’aider !

Il y avait en lui quelque chose d'encore plus effrayant. Comme s'il y avait eu deux, trois Oléron à l'intérieur de lui qui combattaient, chacun cherchant à anéantir l'autre dans une lutte sans merci. Il marchait autour de moi et faisait alterner une voix basse, gutturale, avec une voix aiguë et hystérique, tandis qu'il disait :

— Moi, je résisterai. Il n'y a qu'un moyen pour leur résister… Et c'est de devenir comme EUX… Tu verras… Tu ne sais pas comment on peut se TRANSFORMER… Tu ne sais pas…

Brusquement, il me regarda dans les yeux. Il demeura un instant silencieux, puis dit :

— Tu as changé, toi !

Il parla avec une férocité glacée qui me terrifia. Je ne soutins pas son regard et courus dans la classe. Il fut tout de suite à mes côtés.

— Le bien est entré en toi, dit Oléron d'une voix sifflante, et tu as perdu le chemin. Mais tu ne peux pas m'abandonner maintenant…

Il me saisit par le bras. Sa bouche tremblait.

Je compris que je devais me libérer de lui tant qu'il n'était pas trop tard ; je me suis débattu en hurlant, et l'ai poussé au loin, le faisant tomber. Le professeur interrompit son cours. Il demanda ce qui s'était passé. Je ne répondis pas. Le professeur criait. Oléron se taisait, tête basse. Puis il leva la tête et cracha au visage du professeur.

L'école prit fin. Je fus reçu aux examens, et laissai le pensionnat sans regret. Avant l'été, Eléonora et moi projetions de faire un voyage à la mer. Quant à Oléron, je savais seulement que, depuis son expulsion du pensionnat, il vivait à Barcairn, et qu'il était très malade. Ce fut avec stupeur, donc, qu'un jour je me vis remettre ce billet.

Cher Egistus,

Inutile de te dire que la façon dont nous nous sommes séparés m'attriste.

Le fait est que je traversais une sale période, et que je me suis comporté comme un idiot. Bientôt, je partirai définitivement pour un pays étranger. Je ne voudrais pas te laisser sur un mauvais souvenir de moi : au fond, tu as été mon seul ami au cours de ce malheureux passage parmi les mortels. Je te prie de venir chez moi demain soir avec ton innocente compagne. Nous dînerons ensemble et je te montrerai que je suis aussi capable de sentiments tels que l'hospitalité et la gratitude.

Je te prie de ne pas me refuser cette dernière faveur.

Oléron

Je fus très troublé par cette lettre. C'était la première fois qu'Oléron semblait s'apercevoir vraiment de mon existence, et traiter quelqu'un comme un être humain. Il y avait de l'humilité et de la simplicité dans sa lettre, même si des expressions comme "mon passage parmi les mortels" et "ton innocente compagne" prouvaient que l'esprit de mon camarade n'était pas complètement apaisé.

Je parvins à convaincre Eléonora d'accepter l'invitation.

Oléron habitait une impasse du quartier de Barcairn, jadis riche, aujourd'hui en décrépitude. La maison occupait trois côtés de l'impasse, et ses murs étaient couverts d'une cascade de lierre desséché, d'un jaune éteint. Çà et là apparaissaient des morceaux de fresques écaillées, des armoiries, des têtes de loup détériorées. Une bonne maquillée, vêtue de noir, nous introduisit dans l'appartement en nous faisant passer par un escalier sombre. Oléron nous attendait, debout au milieu de la pièce, une grande pièce au plafond voûté. Au fond, la table était dressée, agrémentée d'un bouquet de roses au parfum douceâtre. Pour tout éclairage, il y avait un lampadaire en forme de héron, aux fenêtres de lourds rideaux rouges avaient été tirés. Rien de diabolique dans cette pièce… Plutôt une indéfinissable impression de sacré. Oléron aussi avait quelque chose de sacerdotal dans son comportement, tandis qu'il nous servait nourriture et vin.

Ce n'était pas l'Oléron habituel. Il était décoiffé et vêtu d'une grande aube blanche qui laissait entrevoir son cou marqué par ses habituelles et étranges cicatrices. Il semblait calme et cordial, il tentait même par moments quelques mots d'esprit. Il demanda des nouvelles des professeurs, qu'il appela "ce troupeau d'inquisiteurs" et, quand nous lui parlâmes de notre projet d'aller à la mer, il dit :

— La mer… Nul doute que mon apparition, dans ma tenue noire, sur une plage pleine de monde, serait un événement à sensation.

Cette fois-là, nous avons ri tous les trois. Eléonora était moins tendue. Oléron continua à boire, et il était toujours plus spirituel. Il alla dans la pièce à côté, pour nous faire, dit-il, une surprise. Il revint, accompagné par les notes d'un disque, *La Chauve-Souris* de Strauss. Galamment, il demanda à Eléonora si elle voulait danser. Je remarquai alors quelque chose qui m'inquiéta : la longue main d'Oléron tenait la taille d'Eléonora d'une manière que je ne sus définir… comme si c'était *la main d'un autre*. Mais c'était certainement une impression, car Eléonora n'était en rien troublée et dansait, blanche et ravissante, dans les bras d'Oléron. Ils virevoltaient au milieu de la pièce, Oléron conduisant avec maestria sa cavalière ; et ils allèrent si vite qu'à la fin Eléonora se laissa tomber sur un fauteuil en riant.

— La tête me tourne, dit-elle.

Je vis qu'elle était pâle et respirait difficilement.

— Ce n'est rien, nous assura-t-elle, c'est la danse.

Mais son cœur battait faiblement et, peu de temps après, elle renversa sa tête en arrière et s'évanouit.

— Je n'aurais pas dû la faire danser tout de suite après manger, dit Oléron. Je vais chercher quelque chose pour qu'elle se remette.

Je suis donc resté seul avec Eléonora, lui soutenant la tête. Elle semblait dormir. Sa respiration était régulière, mais elle ne répondait pas à mes appels. C'est alors que j'entendis, dans la pièce à côté, un bruit terrifiant. C'était une voix profonde, inhumaine, qui semblait provenir des viscères de la terre : *la plainte d'un monstre enseveli.*

— Oléron, ai-je crié.

La porte s'ouvrit, et je le vis. Ce n'était plus le même. Le masque était tombé, et j'avais de nouveau devant moi le vieil Oléron, le monstre pâle dont j'avais gardé le souvenir.

— Egistus, mon ami, dit-il, quelle mise en scène ! Quelle ridicule comédie ! Tu me reconnais, maintenant ?

— Que veux-tu faire ? ai-je demandé en tremblant.

— Je n'ai pas abandonné le chemin, moi, dit Oléron en s'avançant vers moi. Et toi, maintenant, tu vas m'aider à franchir le dernier pas. ILS veulent une preuve. Nous ne devons pas hésiter.

— Oléron, dis-je, Eléonora va mal… Qu'est-ce que tu es en train de me raconter ?

— ELLE est la preuve, Egistus, cria Oléron. Elle sera notre don aux Immensément Grands. Une jeune fille innocente. Te souviens-tu de l'illustration du premier livre que je t'ai montré, Egistus ? Désormais, tu devrais savoir toi aussi quelles sont LEURS victimes préférées…

— Démon ! ai-je crié, ne la touche pas !

— Je l'ai droguée en mettant de la poudre dans son vin, poursuivit Oléron. Et maintenant, tu vas m'aider à la porter là-bas. ILS attendent et se mettraient en colère si elle n'arrivait pas.

J'entendis de nouveau la voix terrible dans l'autre pièce. Je pris ma décision en un éclair. J'ai saisi le lampadaire et l'ai lancé dans la direction d'Oléron. Il l'évita mais, en tombant sur la nappe, le lampadaire y mit le feu. Oléron cria quelque chose que je ne compris pas. Je pris Eléonora dans mes bras et m'enfuis. La pièce était en proie aux flammes. Oléron se sauva aussi, en sautant par une fenêtre.

La maison brûla complètement. J'ai déclaré aux pompiers qu'il s'était agi d'un accident. J'avais trop peur d'Oléron. Le regard qu'il me lança quand nous nous séparâmes, je ne pouvais l'oublier. Sa maison avait brûlé, et avec elle TOUT ce qu'elle avait contenu. Ses derniers mots furent :

— On se reverra. ILS n'aiment pas être trompés. Et ILS savent attendre.

Vous comprendrez maintenant pourquoi j'hésitais à gravir cet escalier. A vingt ans de distance, Oléron réapparaissait dans ma vie. Comme si tout était prédestiné. Pendant des années, après ce jour, j'avais repensé à ce qui s'était passé. Y avait-il vraiment quelque chose (et quoi ?) dans la maison de Barcairn ? Je m'étais persuadé, avec le temps, que c'était seulement le délire d'un garçon fou et maniaque qui m'avait, moi aussi, contaminé. Mais maintenant tout revenait, et la raison ne me soutenait plus contre les ombres qui renaissaient au cours de cette nuit effroyable.

Il ne pleuvait plus. Si le destin avait conduit mes pas jusque-là, il fallait l'affronter. Lentement, j'ai monté les marches. Dans un décor de montagne, une vieille villa se découpa, tout en balcons et en pinacles, avec un jardin en friche et des statues décapitées. Sous le toit, l'eau dégoulinait de quelque gargouille à tête de loup. Aux baies vitrées, ouvertes malgré le froid, des rideaux rouge vif ondulaient sous le souffle du vent, comme si la maison avait été secouée par un accès de fièvre. J'entendis de nouveau la plainte de l'oiseau de nuit. J'ai sonné, un coup de sonnette lugubre. La porte s'ouvrit et, à la lumière d'une lampe à pétrole, je reconnus Oléron.

Il n'avait pas beaucoup changé. La même pâleur, les mêmes yeux hallucinés. Unique changement, deux rides profondes aux angles de la bouche et des cheveux un peu clairsemés, mais encore très bruns. Oui, le temps avait épargné Oléron.

— Il est deux heures du matin, dit-il sans me reconnaître. Je peux savoir ce que vous voulez ?

— Oléron… Je suis Egistus… Nous avons été camarades d'école…

Oléron leva sa lampe pour mieux me voir, et il sembla beaucoup plus troublé que moi. Il se transforma sur-le-champ, comme dans la nuit de Barcairn, et devint exagérément gentil, semblant même effrayé. Mais cette fois, je connaissais bien son jeu.

— Quelle surprise, dit-il, après tant d'années. Mais comment es-tu tombé ici ?

— Un accident. Ma voiture s'est arrêtée juste sous ta villa.

— Alors, ce n'est pas ta volonté… c'est le hasard qui t'a conduit ici, dit Oléron en me priant de m'asseoir d'un geste cérémonieux.

Je ne répondis pas. Oléron alluma une autre lampe sur la table, et la pièce m'apparut, recouverte de palissandre. Deux murs étaient occupés par une bibliothèque, dans laquelle je reconnus immédiatement ses livres préférés. Aux autres murs étaient accrochés des épées orientales, des masques rituels et deux grands tableaux. Une Méduse de Rubens, et un diable tibétain sur papier de Chine.

De vieux manuscrits étaient éparpillés sur le bureau, avec le crâne d'un animal que je ne reconnus pas. Les rideaux aux fenêtres donnaient à l'ensemble un aspect sanguin. C'était tout à fait la maison que j'aurais pu imaginer pour Oléron.

Il me fit asseoir et s'informa de ma vie avec une grande courtoisie. Je lui répondais presque par monosyllabes. Plus mon hôte s'efforçait d'être normal, cherchant à me mettre à l'aise, plus je sentais peser sur moi un danger terrible, quelque chose qui m'attendait, dans cette maison, depuis longtemps.

Je lui dis quelques mots de ma carrière de journaliste, et il me raconta qu'après avoir passé quelques années en Orient (à "étudier", souligna-t-il avec un sourire), il était revenu dans cette villa, héritage familial, où il vivait seul. Il achetait et revendait des livres, et sa vie s'écoulait "tranquille et un peu ennuyeuse".

Je ne croyais pas un traître mot de ce qu'il me disait. En premier lieu, j'avais entendu des voix pas très éloignées. Je lui ai demandé qui était la vieille femme de la maison au-dessous, et pourquoi elle connaissait mon nom.

— La vieille Linda, dit Oléron en riant. Tu ne te souviens pas d'elle, c'était la bonne de la maison de Barcairn… Elle est décrépite et à moitié folle depuis l'incendie que… nous avons provoqué. Mais rends-toi compte, après tant d'années, elle t'a reconnu… Je la garde ici par pitié… Et il y a aussi Machen, le chauffeur… Tu te souviens de lui ?

— Je ne voulais pas provoquer d'incendie, dis-je après un long silence. C'est toi qui m'as contraint à le faire.

Oléron se leva. Il sembla écouter quelque chose qui provenait de loin, puis il ferma une porte à côté de la bibliothèque. Il s'assit en face de moi et me parla posément.

— Maintenant que le hasard t'a conduit ici, Egistus, il est bon que je t'explique ce qui s'est passé ce jour-là ; une équivoque, une équivoque gigantesque… J'étais un garçon un peu fou, avec les troubles propres à cet âge… J'ai pensé… Eh bien oui, j'ai pensé qu'on pourrait faire une fête avec Eléonora.

— Une fête ?

— Bien sûr ! Pas un sabbat diabolique… Tu ne comprends pas encore ? Tu penses que j'étais anormal au point de ne pas éprouver certains désirs ? Sous mon goût pour les illustrations sadiques avec des jeunes filles en tenue débraillée, il n'y avait pas de possession diabolique, mais quelque chose de beaucoup plus commun aux adolescents… Et, quand je vis Eléonora, j'en fus bouleversé… J'aurais fait n'importe quoi pour une fille aussi belle… Et j'ai pensé qu'avec la peur, j'obtiendrais ce que je voulais. C'était une idée bête, un peu perverse… Mais cela m'excitait.

— Tu veux dire que… tu voulais faire l'amour avec elle ? Et moi aussi…

— C'est cela. Beaucoup de choses auraient pu se passer cette nuit-là… Mais tu n'as pas voulu, dit Oléron avec tristesse.

Il regarda dehors en écartant le rideau rouge.

— Je ne sais pas si je dois te croire, Oléron, dis-je. Tu agissais vraiment comme un fou, tu parlais de ces présences mystérieuses et…

Je m'interrompis. J'avais entendu s'élever une voix de femme venant de quelque part, dans la maison… Puis un cri… un rugissement inhumain… *comme le soir de Barcairn* !

Je me suis levé d'un bond.

— Par là, ai-je crié, qu'y a-t-il, par là ?

Oléron ne sourcilla pas.

— Je n'ai rien entendu, dit-il.

— Oléron, moi, j'ai bien entendu. Une voix de femme, épouvantée.

Oléron sortit de la pièce.

— Je vais voir, dit-il. Mais je suis sûr que tu t'égares.

Je suis resté seul, et Dieu sait dans quel état d'inquiétude. J'ai erré dans la pièce, troublé. Sur un bureau, je vis quatre poignards très effilés. L'un d'eux était orné de dessins étranges et portait, gravé sur le manche, ce vers latin : *Tum cruor et volsae labuntur ab aethere plumae*. J'ai regardé les livres. Certains avaient des illustrations vraiment terrifiantes : l'enfer de la littérature mondiale. Beaucoup étaient en chinois, recouverts d'une étrange peau grise. Un volume m'attira particulièrement : c'était l'histoire de la famille Oléron depuis 1650. Je voulais l'ouvrir, mais il était fermé par une boucle avec un cadenas.

J'entendis la voix d'Oléron : j'avais l'impression qu'il criait après quelqu'un. Un coup de vent venu de la fenêtre mit les papiers en désordre. Je ne pus m'empêcher de jeter un coup d'œil sur une page. Je reconnus l'écriture : c'était celle d'Oléron. Je lus le début :

De toutes les horreurs que j'imaginais, celle-ci va au-delà de toute pensée et de toute imagination... Ce qui m'est arrivé n'était écrit dans aucun livre, dans aucun pli du manteau de la nuit...

C'est dans ces circonstances qu'Oléron me surprit : tandis que je lisais son journal.

— Vingt ans de séparation ne t'ont pas fait perdre ta confiance en moi, Egistus, puisque tu es en train de fouiller dans mes affaires, dit-il d'un air glacé.

Il reprit le livre avec violence. Je vis que ses mains blanches étaient maintenant beaucoup moins soignées, ridées, avec des ongles étrangement pointus. Un de ses ongles me blessa.

— Comme tu le vois, ajouta-t-il en souriant, je défendrai mes secrets dans le sang. En tout cas, il n'y a personne à côté. Nous sommes seuls avec nos fantasmes. Peut-être s'agit-il de voix venant de la maison voisine. Quelquefois l'écho de la montagne les porte jusque-là.

Nous nous sommes assis devant la cheminée. Il alluma le feu avec soin, et m'expliqua qu'il n'avait pas encore l'électricité, mais qu'il l'aurait bientôt. Et pas non plus le téléphone, nous ne pourrions donc appeler personne. Le temps était mauvais ; je pourrais passer la nuit ici, sur le divan et, à l'aube, une voiture passerait certainement.

— Sur le divan ? ai-je demandé. Tu n'as pas d'autres chambres ?

— Je n'ai que la mienne, dit Oléron en disparaissant, le visage dans le cône d'ombre de la cheminée.

Une seule chambre dans une villa d'au moins cinquante pièces, ai-je pensé. Non, Oléron, je ne te crois pas : et ta gentillesse ne me trompe pas. Je ne sais pas ce que tu comptes faire de moi, et pourquoi je suis tombé ici. Mais je sais que, cette fois-ci, je découvrirai ton mystère.

— Oléron, dis-je sur un ton de défi, la nuit de Barcairn, j'ai entendu un son monstrueux dans la pièce à côté… Comme la plainte de quelque créature…

Oléron fit la moue et se passa une main sur la gorge ; le ton de sa voix devint exagérément gai.

— Mais bien sûr, je m'en souviens maintenant : mon vieux tourne-disque… Il était à moitié détraqué, il ne tournait pas à la bonne vitesse… Une valse interprétée par un ogre à seize tours, voilà ce que tu as entendu.

Il chercha à rire. Mais cette fois, c'étaient mes yeux qui le fixaient.

— Et ces blessures que tu avais toujours sur le cou ?

— Je ne m'en souviens pas, dit brusquement Oléron. Maintenant, je pense que nous devrions nous reposer. Nous parlerons de l'ancien temps demain matin. Je vais te chercher une couverture.

Je suis de nouveau resté seul. Il s'était remis à pleuvoir : je suis allé fermer la fenêtre et (cette fois, ce n'était pas une illusion !) j'ai vu une ombre traverser le champ, pour aller derrière la maison. Oléron n'était pas seul. Et, simultanément, j'ai entendu le cri d'un animal.

Ça ne venait pas de dehors : ça venait de l'intérieur de la maison. Suivit un cri de femme, clair mais lointain, semblant provenir d'une pièce en sous-sol. Mon sang se glaça dans mes veines. J'étais désormais certain qu'Oléron me cachait quelque chose d'horrible. Les propos qu'il m'avait tenus vingt ans avant me revinrent à l'esprit : “Ils n'aiment pas être trompés. Et ils savent attendre.”

La porte s'ouvrit lentement. De l'ombre sortit quelque chose qui déployait une aile gigantesque. J'ai crié, de toutes les forces de mon corps.

Quand le "quelque chose" entra dans la zone de lumière, je vis que c'était Oléron tenant une couverture comme un torero tient sa muleta. Une plaisanterie cruelle qui en annonçait d'autres, bien plus terribles ?

— Tu es à bout de nerfs, Egistus… Vraiment, je n'arriverai pas à te persuader que je suis un tranquille gentilhomme campagnard. Tu me prends réellement pour un monstre ?

J'ai regardé ses mains blanches, appuyées sur l'accoudoir du divan, sa bouche cruelle, ses sourcils semblables aux ailes d'un oiseau. Le bruit de la pluie avait augmenté.

— Dis-moi la vérité, Oléron, dis-je.

Il ne me regarda pas. Il fixa la palpitation des rideaux rouges aux fenêtres, par où continuait à entrer un vent froid.

— Il y a des gens qui peuvent connaître la vérité, et d'autres que la vérité brise, dit-il. Tu en as vu quelques-uns, un jour, dans une cour. A ce moment-là, je croyais que tu pourrais suivre mon chemin. Je me trompais. Toi aussi, tu préfères la lumière aux ombres. La nuit ne sera jamais ta maîtresse. Mais ne la défie pas !

Il s'était approché à quelques centimètres de mon visage. Ses yeux brillaient. Des yeux inhumains.

— Je ne te dirai pas la vérité, car elle est au-dessus de la force de ton cœur. Je crois que tu ferais mieux de partir tout de suite, Egistus.

Sa voix était devenue encore plus rauque et grave, comme si quelque chose était en train de changer dans sa gorge. J'étais terrorisé, mais je n'avais qu'une issue : savoir.

— Je resterai ici cette nuit, Oléron.

— Prends garde, Egistus, dit-il. J'eus l'impression que sa silhouette se rétractait. Ne sors de cette pièce sous aucun prétexte. C'est le dernier conseil que je te donnerai. Sous aucun prétexte !

Dès qu'Oléron fut sorti, le lumignon sur la table faiblit, comme étouffé par une main glacée.

J'étais de nouveau seul dans la pièce, en proie à une angoisse intolérable. Une partie de moi voulait fuir, l'autre me tenait cloué à cet endroit ; elle me disait que si je ne découvrais pas la vérité, je ne connaîtrais plus la paix. Le moment était peut-être venu, que j'attendais depuis vingt ans : depuis qu'Oléron était entré, oiseau nocturne, dans la lumière de ma jeunesse. Peut-être même depuis plus longtemps encore. Depuis le moment où, gamin effrayé, j'écoutais la chanson du vieil homme :

Le jour joue avec toi, puis il te délaisse,
La nuit sera ta maîtresse.

J'observais la pièce d'Oléron, ses livres, le regard de la Méduse, les rideaux rouges qui étaient peut-être les mêmes que ceux de la maison de Barcairn. Je fus envahi d'une pitié infinie en pensant à la tristesse de cette vie, à cette solitude sépulcrale que nulle grandeur ne pourrait jamais vraiment éclairer, même pas celle des poètes, des écrivains, qui semblaient être les seuls compagnons de route d'Oléron.

Dehors, au travers de l'épaisse forêt, j'eus l'impression de voir au loin les lumières de Badle. Sans doute eût-il mieux valu partir. Croire que ce que m'avait dit Oléron à propos de la nuit de l'incendie était vrai. Croire avoir tout imaginé. Mais c'est à ce moment précis que je fis une découverte qui dissipa mes doutes. De la fenêtre ouverte je vis, à cent mètres de la maison, les poteaux des lignes électriques et téléphoniques.

Je sortis dans l'obscurité. La pluie était devenue plus rare et plus légère. Un vent froid soufflait, fleurant l'herbe. J'ai observé les murs de la maison, et tout de suite vu les fils de raccordement. C'était sûr : Oléron avait joué la comédie. Bien qu'ayant l'électricité, il m'avait, allez savoir pourquoi, accueilli avec une lampe à pétrole. Et, voulant que je passe cette nuit chez lui, il avait prétendu ne pas avoir de téléphone !

Je fis le tour de la villa. Je me souvins que la vieille m'avait dit de n'entrer sous aucun prétexte par la porte de derrière. Un avertissement, ou une indication ? C'est justement dans cette direction que je suis allé. A présent, je n'hésitais plus : je me trouvais dans cet état de lucidité particulière, sans inquiétude, qui accompagne l'homme dans les moments de danger extrême. J'ai poussé le battant, une tête de loup avec deux yeux de zircon : à ma grande stupeur, la porte s'ouvrit. Un bref couloir menait à une autre porte, qui laissait filtrer une lumière bleue. J'entendis distinctement venir de l'intérieur le halètement d'un animal, puis un râle sourd. Le moment était venu. J'ouvris d'un coup, et je vis !

Je vis une chambre meublée de façon moderne, dans des tons pastel, avec de grands divans en cuir blanc, des tables basses, et des tableaux abstraits aux murs. Sur le divan, une femme vêtue d'une robe de chambre en soie, ridiculement couverte de bijoux, regardait la télévision. Ses cheveux étaient teints en roux, elle était grosse et très bronzée. Près d'elle, sur le divan, deux enfants, comme elle bien en chair, dormaient. La femme m'observa, puis me parla d'une voix aiguë et affectée :

— Vous m'avez presque effrayée… J'imagine que vous êtes l'hôte d'Oléron. Enchantée de faire votre connaissance : je suis la comtesse Oléron, sa femme.

Inutile de dire que je ne parvins pas à articuler un mot. Je regardais la pièce, la femme, et pensais que tout cela pouvait être un autre artifice pour me conduire sur le chemin de quelque horrible révélation. Mais non ! Cette femme était vraiment une très ordinaire dame du grand monde, exhibant ses bijoux à deux heures du matin devant une télévision qui transmettait *un film d'horreur* ! Voilà l'explication des hurlements, des cris mystérieux. J'en eus le souffle coupé.

La femme continuait à parler, écarquillant les yeux. Elle regrettait de nous avoir dérangés tout à l'heure, quand Oléron était venu la disputer parce qu'elle mettait la télé trop fort, j'imagine que vous avez tellement de choses à vous raconter au bout de vingt ans, il est certain que les amitiés d'école sont les plus solides, elle avait étudié en Suisse et perdu tout contact, mais si elle mettait la télé si fort c'était parce que depuis deux jours elle n'entendait plus très bien, une gêne à l'oreille, je n'étais pas médecin par hasard ? Quelquefois, elle n'entendait pas bien d'un côté, quelquefois de l'autre, c'est bizarre, non ? Ou c'est peut-être une chose héréditaire, puisque les enfants souffrent d'otites, Selvaggia et Bartolomeo, ce sont leurs prénoms, vous les voyez vautrés ici, s'ils ne sont pas devant la télévision ils ne s'endorment pas, quelquefois on s'endort tous les quatre et la télé reste allumée, c'est ce qui se serait passé ce soir encore si vous n'étiez pas arrivé, parce qu'Oléron ne rate jamais les films d'horreur, il a toutes les cassettes, moi, ce n'est pas que ça m'enthousiasme, je préfère les *sophisticated comedies*, de toute manière il vaut mieux que mon mari soit là, devant la télé, plutôt que dans cette pièce lugubre, vous ne savez pas combien de fois j'ai essayé de changer son mobilier, une fois, j'ai même essayé de remplacer son bureau, je lui en ai mis un en bakélite blanche, superbe, mais lui, non, il veut vivre parmi ses momies, avec cette manie de la lampe à pétrole et ces mauvais livres, mais, pour le reste, c'est un brave homme, que voulez-vous, à chacun son hobby, du moment qu'il ne fait pas entrer ses clients là-dedans, parce que, comme avocat, il a des clients importants, et eux, j'exige qu'il les reçoive dans l'autre bureau, celui que j'ai arrangé, je vous le montrerai, meubles suédois et moquette gris perle, vous l'imaginez, vous, en train de parler affaires à ses clients au milieu de ces livres funèbres et de ces tableaux, ils s'enfuiraient tous, hier, nous avions le docteur Wantel, le président du Rotary, et Oléron était un peu ivre, et il disait viens voir mon bureau secret, Wantel y est allé, et quand il est revenu, pardon si je suis vulgaire, il était livide et a été vomir dans les cabinets ; pour le reste, Lélé est un brave homme, mieux vaut une manie comme celle-là que, je ne sais pas moi, les femmes, vous prenez quelque chose monsieur… monsieur ?

L'arrivée d'Oléron interrompit ce monologue. L'un des enfants se réveilla et, tel un somnambule, sortit de la pièce.

Oléron me regarda. Il était en pyjama, un pyjama à rayures bleues. Il s'écroula sur le divan. Je ne réussissais pas à le regarder. La comtesse continuait à parler, parler. Je ne l'écoutais pas. Je me suis levé brusquement et ai dit :

— Bien, madame… Maintenant que j'ai eu le plaisir de faire votre connaissance, je dois repartir…

— Mais comment ? dit la comtesse. Mon mari m'avait dit que vous resteriez ici cette nuit…

— Des amis de Badle passeront me chercher, dis-je. Nous remorquerons la voiture à l'aide d'un câble.

— La voiture ? Mais Lélé, tu ne m'avais pas dit…

Nous sommes sortis en vitesse, sous la dernière rafale de paroles. Nous avons marché longtemps dans l'herbe mouillée. Le ciel s'était éclairci : les lumières de la ville étaient bien visibles. Oléron parla.

— Comme ça tu sais, maintenant. Je ne dois plus jouer la comédie. C'est vrai, je suis un tranquille avocat de province, avec une femme ennuyeuse, deux enfants, des amis stupides, des heures creuses. C'est cela, l'horreur, et je ne m'y attendais pas. ILS ne se sont pas montrés tout de suite. Ils ne m'ont pas choisi. Et, quand ils sont venus, ils étaient différents de ce que j'imaginais sur les bancs de l'école. Maintenant, je m'occupe de mariages, d'héritages, et un juge décide pour moi ce qui est bien et ce qui est mal. De temps en temps, je m'enferme pour lire dans ma bibliothèque. Je bois. J'ai quarante ans, les poumons malades. Ça s'arrête là.

— Pourquoi cette comédie, alors ?

— Tu avais le souvenir d'un jeune démon. L'équivoque de la nuit de Barcairn m'avait donné sur toi un ascendant inespéré. J'étais malheureux et ardent à cette époque, mais, dans tout ce que je faisais, il y avait de l'espoir. Tout ce que je pouvais rêver, même si c'était horrible, je l'aimais.

C'était ma richesse. J'ai pensé qu'en jouant encore une fois la comédie, toi au moins tu m'aurais rappelé comment j'étais alors. Quand tu es entré par cette porte, pour rien au monde je n'aurais voulu que tu découvres la vérité. Ce qu'il en est d'Oléron, vingt ans après. Maintenant que tu as vu, tu comprendras, et tu me pardonneras.

Il dit ces mots d'un ton distant, indifférent. Il me sembla très vieux.

— Voilà où menait le chemin, Egistus. Merci de ton amitié.

C'est ainsi que je le vis pour la dernière fois, homme maigre et décharné marchant dans l'herbe, en pyjama et robe de chambre.

— Mon chauffeur a réparé ton auto, dit-il. Tu peux repartir.

Nous nous saluâmes.

L'auto brillait, mouillée, sous la lune. Tout de suite j'ai mis le contact. J'ai regardé là-haut, vers la villa, mais toutes les lumières étaient éteintes, et je n'ai même pas réussi à l'entrevoir, dans l'enchevêtrement des arbres. Le livre d'Oléron était fermé. J'avais tourné la dernière page.

L'aube se levait quand le journaliste arriva à Badle. Le portier de l'hôtel l'accueillit, agité.

— Nous vous attendions pour minuit, dit-il. Mlle Léa est très préoccupée.

— Je suis resté bloqué sur la route de la vallée de l'Ombre, dit le journaliste.

— Bon sang. Il ne pouvait certainement rien vous arriver de pire. C'est complètement désert.

— Pas complètement. La chance a voulu que je m'arrête juste sous la villa Oléron. L'avocat était un de mes camarades de classe. Ils m'ont aidé à repartir.

Le portier de l'hôtel détourna la tête.

— Je comprends, monsieur… Je regrette, dit-il.

— Vous regrettez quoi ?

— Que Me Oléron ait été votre ami.

— Pourquoi "ait été" ?

Le portier le regarda d'un air surpris.

— Monsieur se moque de moi ? Vous ne connaissez peut-être pas l'histoire ?

Le journaliste frissonna et parvint à dire :

— J'en ai vaguement entendu parler…

— L'avocat Oléron, une nuit, il y a trois ans, après avoir tué sa femme et ses deux enfants, est mort dans sa maison, où il avait mis le feu. Seule est restée la dépendance, avec deux vieux serviteurs. Il semble que dans la villa il y ait eu une bibliothèque de grande valeur, de vieux tableaux, et des livres… étranges… Des objets mystérieux, magiques, je ne m'y connais pas, moi. Tout a été détruit par les flammes. Personne ne s'y attendait. L'avocat semblait une personne si bien… si normale… Mais c'est vrai que vous le connaissiez mieux que moi…

Le récit du barman

LA TRAVERSÉE DES PETITS VIEUX

Les vieux devraient être explorateurs.

THOMAS S. ELIOT

Il était une fois deux petits vieux qui devaient traverser la rue. Ils avaient entendu dire que, de l'autre côté, il y avait un jardin public avec un bassin. Les petits vieux, Aldo et Alberto, auraient beaucoup aimé y aller.

Aussi cherchèrent-ils à traverser la rue, mais c'était l'heure de pointe, et le flux des voitures était incessant.

— Cherchons un feu rouge, dit Aldo.

— Bonne idée, dit Alberto.

Ils marchèrent jusqu'à ce qu'ils en trouvent un ; mais l'embouteillage était tel que les autos encombraient aussi les passages cloutés.

Aldo tenta d'avancer de quelques mètres, mais il fut immédiatement rejeté en arrière à coups de klaxon et de gros mots. Il dit alors : "Essayons de passer à un moment où tout le monde sera arrêté." Mais l'embouteillage était tel que, bien que les petits vieux fussent maigres comme des clous, ils ne réussirent pas à passer. Aldo se retrouva même encastré dans un garde-boue ; le propriétaire du véhicule, irrité au plus haut point, sortit, le prit sous les aisselles, l'arracha du garde-boue et, ne sachant où le mettre, le posa sur le coffre d'une autre auto.

— Hé ! non ! pas là, dit le propriétaire de l'autre auto, qui le souleva et le déposa sur le toit d'une camionnette.

Progressant ainsi au coup par coup, Aldo était sur le point d'arriver de l'autre côté de la rue. Mais le conducteur de la camionnette mit son clignotant à droite et, à force de jurons et d'insultes, il réussit à traverser la chaussée pour garer son véhicule en face, à l'endroit précis d'où les petits vieux étaient partis.

Le soir était presque tombé quand Aldo eut une autre idée.

— Je m'allonge au milieu de la rue en faisant semblant d'être mort, dit-il. Dès que les autos s'arrêtent, tu traverses à toutes jambes, puis je me lève, et je passe à mon tour.

— Ça va sûrement marcher, dit Alberto.

Aldo s'allongea au milieu de la rue, mais une auto noire arriva, ne freina pas, et lui donna un violent coup qui l'envoya presque sur l'autre trottoir.

— Vas-y, tu y es presque ! cria Alberto.

Mais une grosse moto passa et, d'un coup violent, réexpédia Aldo du mauvais côté. Le petit vieux rebondit ainsi trois ou quatre fois et, à la fin, il se retrouva tout cabossé à son point de départ.

— Qu'est-ce qu'on fait ? demanda-t-il.

— Détournons une bicyclette, dit Alberto.

Ils attendirent alors qu'un troisième petit vieux passe à bicyclette, et sautèrent sur la selle (ils tenaient car tous trois étaient très maigres). Aldo enfonça sa pipe dans le dos du troisième petit vieux, Alfredo, et dit :

— A gauche, ou gare à toi !

— A gauche ? Mais moi, je dois continuer tout droit !

— A gauche, reprit Aldo, ou je t'envoie une décharge de tabac.

Alfredo ne comprit pas bien la menace, cependant il prit peur, et tenta de tourner à gauche, mais survint une Mercédès qui les atteignit de plein fouet. Les flics arrivèrent.

— Comment ça s'est passé ? demandèrent-ils.

— Je suis le sénateur Demaideu, dit le conducteur de la Mercédès.

— Alors, vous pouvez circuler, dit un flic. Et vous, qu'avez-vous à dire pour votre défense ?

— On voulait traverser la rue, dirent en chœur les trois petits vieux.

— C'est la meilleure ! dit le flic. Ah ! Les vieux d'aujourd'hui ! Imprudents ! Il y a trop de circulation, et vous êtes vieux et mal en point.

— S'il vous plaît, faites-nous traverser, dit Aldo.

— On doit aller au jardin, ajouta Alberto.

— Sinon, je reçois une décharge de tabac, supplia Alfredo.

— Pas question, je vous raccompagne à votre point de départ. D'où êtes-vous partis ? dit le flic.

— De là-bas, dit Alberto en montrant le trottoir qu'il voulait atteindre.

— Alors, je vous y reconduis, et gare à vous si vous tentez encore de traverser, dit le flic.

Et c'est ainsi que, sous escorte policière, les trois petits vieux réussirent à passer de l'autre côté, puis arrivèrent au jardin.

Le bassin était vraiment beau. Ils se trouvèrent si bien qu'ils ne retraversèrent jamais plus.

Le récit de l'homme aux lunettes noires

L'HISTOIRE DE SAM U.
ET DE BEAUTY CASE

Quand le jeu devient dur,
les durs commencent à jouer.

JOHN BELUSCHI

Notre quartier est situé juste derrière la gare. Un jour, un train nous emportera, ou bien peut-être est-ce nous qui emporterons un train. Car notre quartier s'appelle le Mainleste, on y entre avec, et on ressort sans. Sans quoi ? Sans son autoradio, sans son portefeuille, sans son dentier, sans les pneus de son auto. Même les chewing-gums y passent, si l'on n'y prend pas garde : les gosses travaillent par équipes de deux, l'un vous administre un coup de pied dans les couilles, vous crachez votre chewing-gum, et l'autre le reprend au vol. Cela, pour que vous vous fassiez une idée.

C'est dans ce quartier que sont nés Sam U. et Beauty Case. Sam U. est un beau petit gars de seize ans. Son père est esthéticien en pneumatiques, autrement dit, il vole des pneus neufs et les vend pour remplacer les vieux. Sa mère possède une crémerie, la plus petite crémerie du monde. Pratiquement, un frigo. Sam a été conçu là-dedans, à dix degrés au-dessous de zéro. Quand il est né, au lieu de le mettre dans le berceau, on l'a mis dans un four, pour le faire dégeler.

Depuis qu'il est tout petit, Sam U. a la passion des moteurs. Quand son père l'emmenait avec lui au travail, autrement dit, voler des pneus, il le mettait dans le coffre de sa voiture. C'est ainsi que Sam U. passa une bonne partie de son enfance couché au milieu des pistons, si bien que la mécanique n'eut plus de mystères pour lui. A six ans, il construisit tout seul un tricycle actionné par un mixeur. Il faisait vingt kilomètres avec un litre de milk-shake : Sam dut le démonter quand sa mère s'aperçut qu'il lui fauchait du lait.

Il vola alors sa première moto, une Guzzi Imperial Black Mammuth 6700. Pour atteindre les pédales, il conduisait à califourchon sous le réservoir, auquel il s'agrippait comme un koala à sa mère : et la Guzzi ressemblait à un vaisseau fantôme, car on ne voyait pas qui la pilotait.

Tout de suite après, Sam construisit sa première moto trafiquée, la Lambroturbo. C'était une vulgaire Lambretta mais, après certaines modifications, elle montait à deux cent soixante. Ce fut alors qu'on l'appela Sam U. En un an, il se ramassa deux cent cinquante fois avec sa meule, jamais de la même manière : il roulait sur une seule roue et son pneu crevait ; il faisait des embardées dans les courbes, en ligne droite, sur le gravier, et sur sol mouillé ; il tombait à l'arrêt ; il perforait les cortèges funèbres ; volait du haut des ponts ; sciait les arbres. A l'hôpital, les médecins étaient tellement habitués à le voir que s'il manquait à l'appel une seule semaine, ils téléphonaient chez lui pour avoir de ses nouvelles.

Mais Sam était comme un chat : il tombait, rebondissait, et continuait. Quelquefois, après être tombé, il continuait en se traînant pendant des kilomètres : c'était sa particularité. On le voyait arriver dégringolant du bout de la rue jusqu'aux tables du bar.

— Je suis tombé à Forlì, expliquait-il.

— Eh bien, l'essentiel, c'est d'arriver, lui disais-je alors.

Beauty Case avait quinze ans et était la fille d'une couturière et d'un voleur de TIR. Son père était en tôle pour avoir volé un camion de cochons ; il avait été pris alors qu'il tentait de vendre les bêtes au porte à porte. Beauty Case travaillait comme apprentie coiffeuse, et c'était un trésor de gamine. Elle s'appelait comme ça parce qu'elle était toute en petites courbes délicieuses, et il n'y avait pas un homme du quartier qui n'ait cherché à la taquiner : mais elle était si petite qu'elle parvenait toujours à s'esquiver.

C'était un soir de début d'été, quand, après une longue torpeur, les gros orteils voient enfin la lumière du jour hors des sandales. Sam U. rôdait, couvert de sparadraps et de croûtes, sur sa Lambroturbo et, à un kilomètre de là, Beauty mangeait sa glace sur un banc public.

J'ajoute trois détails :

Un : en été, Beauty portait des mini-jupes que sa mère lui confectionnait avec de vieilles cravates de son père. Avec une seule cravate, elle lui faisait trois jupes.

Deux : quand Beauty s'asseyait, elle croisait les jambes comme n'arrivait même pas à le faire la plus mignonne des top-models : elle les croisait de telle façon que l'une faisait des caresses à l'autre ; elle avait des jambes magnifiques, aux chevilles fines, et portait de petites chaussures rouges avec un talon dont l'aiguille vous entrait droit dans le cœur.

Trois : Quand Beauty léchait une glace, tout le quartier s'immobilisait. Vous vous souvenez de ce film, quand Blanche-Neige chante dans la forêt, et qu'elle se retrouve entourée de petits lapins, de daims, de tortues et de moucherons qui chantent en même temps qu'elle ? Eh bien, la scène était la même, avec Beauty au milieu qui léchait sa glace à deux boules, et, tout autour d'elle, des petits mioches, des sales mômes, et des vieillards qui bougeaient la langue en cadence, car toutes les idées du monde affleuraient alors, des plus chastes aux plus coupables.

Bref, nous disions que c'était un soir de début d'été, et que les petits oiseaux restaient dans les arbres sans gazouiller car, avec le boucan que faisait la moto de Sam, ç'auraient été des efforts inutiles. On entendit de loin sa fameuse accélération en quatre temps, *andante*, *andante con moto*, *rubato*, *allegretto scarburato*, et Sam arriva dans l'allée du jardin public, pilotant sans les mains, mais avec un pied qui traînait par terre, sans quoi c'eût été assez dangereux. Il vit Beauty et donna le coup de frein du siècle. A la vérité, il n'y eut pas de coup de frein car, par principe, Sam ne freinait jamais. La première chose qu'il faisait quand il maquillait une motocyclette, c'était d'ôter les freins. "Comme ça, je ne suis pas tenté", disait-il.

Sam alla donc tout droit, termina sa course sur un toboggan, décolla, rebondit sur l'auvent du bar, arriva au premier étage d'un appartement, lâcha les gaz dans le salon, renversa un frigo, sortit sur la terrasse, tomba dans la rue, heurta une poubelle, défonça la portière d'une voiture, sortit par l'autre, et s'arrêta contre un platane.

— Tu t'es fait mal ? dit Beauty.

— Non, dit Sam. Tout était calculé.

Beauty fit "ah !" en laissant bien voir sa langue couleur myrtille. Ils restèrent quelques instants à se regarder, puis Sam déclara :

— Pas mal, ta mini-jupe à pois.

Et Beauty dit :

— Pas mal, ton pantalon en croco.

Quel pantalon ? allait dire Sam. Puis il regarda ses jambes : elles étaient tellement couvertes de grosses croûtes et de cicatrices et égratignées par l'asphalte qu'on avait l'impression qu'il portait un pantalon en croco. Mais il portait des culottes courtes.

— C'est un modèle "Routes de Feu", dit-il. Tu veux faire un tour en moto ?

Beauty avala sa glace d'un seul coup, ce qui était sa manière à elle de dire oui. Pour monter sur la moto, elle décrivit avec sa jambe un cercle qui rompit la paix des sens chez de nombreux petits vieux. Puis elle se serra fort contre Sam et dit :

— Mais tu sais la piloter, la moto ?

A ces mots Sam fit un sourire d'anthologie, lâcha un nuage de tigressence, et prit le sens interdit en zigzaguant. Ceux qui le virent ce jour-là dirent qu'il faisait au moins du deux cent quatre-vingts. La force de l'amour ! On entendait le bruit de cette tornade qui passait, et on ne voyait qu'un éclair d'étoile filante. Sam se couchait tellement dans les virages que ce n'était pas les mouches qu'il devait craindre de recevoir en plein visage, mais les lombrics. Et Beauty n'avait pas la moindre peur, elle criait même de joie. Ce fut à ce moment qu'il comprit qu'elle était la femme de sa vie.

Quand Sam arriva devant la maison de Beauty, il cabra sa moto, et Beauty vola à travers la fenêtre, atterrissant précisément dans le fauteuil du salon. Sa mère la vit apparaître devant elle et dit :

— Où étais-tu, je ne t'ai même pas entendue rentrer ?

Au même instant on entendit Sam qui venait de heurter le rideau de fer d'un garage. Il se releva : la moto avait perdu une roue et son réservoir. Vous allez rire : il remplit sa bouche d'essence et revint chez lui sur une seule roue, crachant à petites gorgées dans le carburateur.

Il s'étendit sur son lit, et déclara à quatre cafards :

— Je suis amoureux.

— Et de qui ? demandèrent ceux-ci.

— De Beauty Case.

— Beau petit morceau, s'écrièrent en chœur les cafards, qui ont un langage plutôt coloré, chez nous.

Le lendemain soir Sam et Beauty sortirent de nouveau ensemble. Au bout de trente secondes, il lui demanda s'il pouvait l'embrasser. Beauty avala sa glace.

Ils commencèrent à s'embrasser à neuf heures et quart et, selon certains témoins, le premier à respirer fut Sam : il était deux heures du matin.

— Tu sais bien rouler des pat… voulait-il dire, mais Beauty s'était de nouveau collée à lui, et ils en finirent à six heures du matin.

Quand Beauty revint chez elle, sa mère lui demanda : "Qu'as-tu fait avec le garçon à la motocyclette ?" Beauty répondit : "Rien maman, seulement deux baisers." Elle ne mentait pas, la petite.

C'est ainsi que l'amour entre ces deux êtres éclaira notre quartier d'un jour nouveau ; nous nous sentions si heureux que nous ne volions presque plus.

Oui, nous étions tous devenus des citoyens modèles, ou presque, jusqu'au triste jour où Joe Carnassouches, l'as des agents de la police routière, débarqua chez nous. Il arriva avec son uniforme de cuir noir, ses bottes sadomaso, et ses lunettes noires. Son casque portait l'inscription : "Dieu sait ce que vous faites à chaque heure, je sais combien vous faites à l'heure."

Tous les automobilistes de la ville tremblaient en entendant prononcer le nom de Joe Carnassouches. Pas moyen de l'empêcher de verbaliser. Quand il tombait dans une rue où des autos étaient en stationnement interdit, il sortait son carnet à souches, et verbalisait en rafales. Tous les automobilistes, avant de s'arrêter, regardaient si Joe Carnassouches ne se trouvait pas dans les parages. S'il n'était pas là, ils faisaient leur marche arrière et, quand ils se retournaient, ils trouvaient un PV sur leur pare-brise. C'est ainsi que, rapide et invisible, opérait Joe Carnassouches, l'homme qui avait collé une amende à un char d'assaut pour défaut de chenille de rechange.

Joe arriva un soir dans le quartier sur sa Mitsubishi Mustang blindée, une moto japonaise qui montait à deux cents. A son passage, les pare-brise des voitures se rétractaient de peur, et les pneus se dégonflaient. Il se gara devant le bar et entra. Il ôta lentement ses gants, nous regardant d'un air de défi. Nous vîmes à sa ceinture ses deux carnets pour les amendes, calibre 500.

— Quelqu'un parmi vous connaît-il un certain Sam U. qui s'amuse à circuler dans ce secteur, demanda-t-il ?

Personne ne répondit. Au milieu du silence, Carnassouches fit résonner ses bottes sur le sol, puis s'arrêta derrière un joueur de cartes.

— Vous êtes monsieur Podda Angelo, propriétaire du véhicule immatriculé CRT 567734 ?

— Oui, admit le joueur de cartes.

— Il y a trois ans, je vous ai verbalisé pour cause de pneus lisses. Je vous ai dit alors que si vous ne les changiez pas, la prochaine fois je vous retirerais le permis.

Rien n'échappait à la mémoire de Joe Carnassouches.

— Alors, continua l'agent d'un ton pressant, implacable, voulez-vous m'indiquer où je peux trouver Sam U., sans quoi nous irons procéder à un petit contrôle de votre auto…

— Je dirai tout, répondit le joueur. Sam passe tous les soirs à l'angle de la rue Boulganine et de la Quarante-deuxième.

C'était la vérité. Après avoir été chercher Beauty, Sam franchissait tous les soirs ce grand carrefour. Il passait au rouge en frisant le cent cinquante, avec Beauty derrière lui qui s'agitait comme un mouchoir.

Joe Carnassouches se mit en embuscade à ce carrefour. Se cacher était l'une de ses spécialités. Près du passage surélevé qui dominait le carrefour il y avait une affiche publicitaire pour un vin mousseux. Le slogan indiquait : "Un goût raffiné." Une photo montrait des gentilshommes et de belles dames qui sirotaient le vin dans des coupes, au milieu d'un grand jardin. Sur le fond, une villa XVIIIe avec, au loin, les usines Bazzocchi fumantes et puantes ; mais cela, ce n'était pas de la publicité, c'était notre quartier. Dès qu'elle avait été posée, l'affiche avait été enfumée par les miasmes industriels ; gentilshommes et belles dames étaient noirs de poussière et intoxiqués, semblant dire : "Une chance encore que le goût soit raffiné." Si on regardait bien la photographie, parmi les messieurs en smoking et les dames en robe longue, on pouvait remarquer, derrière le buffet, un visage reconnaissable entre tous, avec des lunettes noires. C'était Joe Carnassouches, camouflé.

Ce soir-là, comme tous les soirs, Sam U. passa sous la fenêtre de Beauty et l'appela en sifflant. Beauty se jeta de la fenêtre et atterrit sur la moto. Ils étaient devenus très adroits dans ce genre d'exercice. Quand ils arrivèrent au carrefour, le feu était rouge. Dès que Sam le vit, il lança la moto pleins gaz. C'est alors qu'il y eut du remue-ménage dans l'affiche publicitaire, et qu'on vit Joe Carnassouches se frayer un chemin parmi les gens en tenue de soirée, renverser un plateau de verres de mousseux, et sauter sur la chaussée.

Plus que cent mètres avant le carrefour. Sam vit Joe qui l'attendait avec ses deux carnets d'amendes pointés sur lui, et il n'hésita pas une seconde. Il freina avec les pieds, faisant tourner la Lambroturbo sur elle-même. Pendant que la moto tournoyait vertigineusement et projetait des étincelles, il continua à freiner avec tout ce qu'il trouvait : ses mains, le sac de Beauty, son derrière, un tournevis qu'il plantait dans l'asphalte, ses dents. Un spectacle impressionnant : le bruit était celui d'une fraiseuse ; des morceaux de macadam et des pièces de moto volaient en tous sens. Mais Sam U. se montra à la hauteur. Après une dernière embardée il mordit l'asphalte, et stoppa sa roue avant juste devant le passage clouté.

Joe Carnassouches retint sa bile et s'avança lentement. La moto fumait comme une locomotive et ses pneus avaient fondu. Joe Carnassouches tourna un peu autour et dit :

— Pneus un peu lisses, n'est-ce pas ?

— Cette moto les a plus lisses que moi, dit Sam.

— Quelle moto ? dit Carnassouches, et il se tourna. Quand il se retourna, Sam avait déjà monté deux pneus neufs.

Mais Carnassouches ne s'avoua pas vaincu.

— Sur ce type de moto, il est interdit d'être à deux.

— Et nous ne sommes pas deux.

C'était vrai. Il n'y avait plus trace de Beauty. Joe Carnassouches la chercha sous le réservoir, mais ne la trouva pas. Beauty s'était faufilée dans le pot d'échappement. Mais elle ne résista pas à la chaleur et, au bout d'un moment, elle surgit à l'extérieur à demi rôtie.

Joe Carnassouches poussa un cri de triomphe.

— Une double amende, plus le retrait du permis, plus les responsabilités pénales pour la jeune fille mineure. Fini la moto, Sam U. !

Du passage surélevé d'où nous observions la scène, un frisson nous envahit. Sam sans moto, c'était comme une fleur sans terre. Il se flétrirait. Et, avec lui, cet amour dont nous étions tous fiers. Que faire ?

Joe avait déjà posé son stylo sur le carnet fatal, quand il entendit un bruit de klaxon. Il se tourna et…

Toute la rue était pleine d'autos. Certaines étaient garées en sens interdit, d'autres sur le trottoir : certains conducteurs les avaient posées verticalement le long d'un arbre, d'autres sur le toit d'un autre véhicule. Deux autos étaient garées en sandwich autour de la moto de Joe Carnassouches, une avait les roues en l'air au milieu du pont et portait l'inscription : “Reviens de suite.” Deux camionneurs se donnaient des coups de remorque au milieu de la bretelle d'autoroute. Les vieux du quartier étaient sortis avec des bicyclettes d'avant-guerre, certains roulaient sans les mains, d'autres avec un pied sur le guidon, d'autres par groupes de cinq, en formation pyramidale : on eût dit le carrousel des motards de la police. Venaient compléter le tableau une petite vieille aux commandes d'une moissonneuse et des quintuplés sur une bicyclette sans freins.

Joe Carnassouches se mit à trembler comme s'il avait eu la malaria. Il menait un âpre combat contre lui-même. D'un côté, il y avait Sam pris au piège, de l'autre la plus effrayante série d'infractions jamais vue de mémoire d'agent de la circulation. Sa mâchoire faisait des mouvements de bas en haut, comme un piston.

C'est alors que passa près de lui un aveugle à bord d'une Maserati volée, sans pot d'échappement, qui lâcha les gaz sous son nez et lui dit :

— Hé, mon poulet, où c'est qu'il y a une belle route fréquentée pour faire deux ou trois jolies queues de poisson à fond la caisse ?

Joe Carnassouches approcha son sifflet de sa bouche, mais ne réussit à en sortir aucun son. Il s'effondra. On avait gagné !

A présent, Joe Carnassouches est sorti de l'hôpital psychiatrique et il dirige un stand d'autos tamponneuses à Luna Park.

Sam et Beauty se sont mariés, et ils ont monté un garage.

Lui maquille les autos, elle les coiffe.

Le récit de la sirène

SHIMIZÉ

> *Il n'est jamais aussi difficile de se faire comprendre que dans sa propre langue.*
>
> KARL KRAUS

Il était une fois un oshammi qui vivait dans une wesheshammi en haut d'une wooba. Une nuit survint un oogoro qui dit à l'oshammi shammi :

— Shimi, je ne veux ni ta couronne, ni ton bâton, je veux ta shammizé.

— De shimite deé, dit l'oshammi en riant, cherche donc. Si tu trouves ma shammizé ici, dans la weseshe, prends-la donc.

L'oogoro fouilla la wesesheshammi de fond en comble, et, à la fin, il vit une woolanda et cria triomphalement :

— Shimì, la voilà, je l'ai trouvée.

— Tu es rusé comme un tsezehé aux longues oreilles, dit l'oshammi shammi. Tu l'as trouvée, elle est à toi.

L'oogoro descendit en courant de la wooba, riant et chantant.

— J'ai une shammizé ! Pour toute la vie shimidée, j'aurai une shammizé !

Sur son chemin, il rencontra un vieux woorogoro.

— Shimi woro, ça te plaît ? demanda l'oogoro. Regarde, elle te plaît ma shammizé ?

— Woof, dit l'orogoro, tu es stupide comme un tsezehé ! Tu ne vois donc pas que ce que tu tiens à la main, c'est une woolanda ?

A la lumière de la lune, l'oogoro regarda attentivement, s'aperçut de son erreur, et s'en alla tzuke shimite no shimé, triste comme quelqu'un qui ne connaît plus le nom des choses.

Le récit de la petite vieille

PRISCILLA MAPPLE ET LE CRIME DE LA IIC

> *— Je veux dire, reprit Alice, qu'une personne ne peut pas faire autrement que de grandir.*
> *— Une personne, peut-être pas, dit Humpty Dumpty, mais deux le peuvent. Avec une aide appropriée, tu aurais pu t'arrêter à sept ans.*
>
> LEWIS CARROLL

Ne vous est-il jamais arrivé de vous sentir vieux de mille ans, comme si vous aviez vu et vécu tout ce qu'on peut voir et vivre sur cette terre, et d'imaginer l'avenir comme une suite de jours tous semblables, copies décolorées d'un seul et même jour, usé et passé ?

Cela vous est arrivé ? C'est d'accord, je ne prétends pas être la seule. Mais moi, j'ai douze ans. Ce n'est pas un peu tôt, non ?

Ainsi réfléchissait Priscilla Mapple pendant sa dernière heure de cours, assise à l'avant-dernier rang de la classe de cinquième IIC, alors que le professeur tentait en vain de réchauffer son auditoire en racontant la construction des pyramides égyptiennes.

Tant d'efforts, pensa Priscilla, pour laisser une trace un peu durable. Il aurait suffi qu'ils mettent de grosses pierres en vrac, et nous nous serions chargés, nous, la postérité, de soutenir que c'étaient les ruines d'un temple colossal, admirable prodige d'architecture hélas disparu.

Nous, la postérité ! Priscilla regarda tristement sa classe. Aucun, là-dedans, ne défierait les siècles, à grand-peine quelques-uns laisseraient-ils le souvenir de leur passage dans un Rotary Club.

C'était une classe du collège le plus sélect de la ville. Sang noble et riches plébéiens, aristocrates et familles solvables avaient envoyé là leur meilleure progéniture. Et pourtant, aucun Blaue Reiter, aucune via Panisperna, aucun Parnasse n'avait vu le jour, aucun mouvement n'était né, si ce n'est le perpétuel mouvement de tête des jumelles Sabuche, au premier rang, qui acquiesçaient ensemble et de façon synchrone. Elles acquiesçaient toujours, quoi qu'ait dit l'enseignant, même si c'était “fait chaud aujourd'hui”, ou “que vous êtes connes” : elles étaient toujours d'accord.

Dans la rangée suivante, derrière les jumelles épuisées par deux heures de commérages et deux heures de rédaction, on pouvait admirer un autre couple de fillettes, exceptionnellement silencieuses. A gauche, Lavinia, surnommée Crécellette pour la douceur de sa voix, pas géniale dans les matières littéraires, mais grande connaisseuse en matière de jeans et de chaussures. A droite, Boba, blondasse et bronzée, de son vrai nom Roberta Tourons de Combat et qui, à douze ans, avait déjà à son actif plusieurs rhinoplasties.

Dans la rangée d'après, florissante et solitaire, se trouvait Priscilla Mapple, génie pervers, très crainte des enseignants, seize sur vingt dans toutes les matières, mais hélas, sans faire aucun effort ; grande lectrice de polars et douée de cette intelligence naturelle et ironique qui emmerde les profs, surtout les hommes.

Derrière elle Maria Cristina, surnommée sans pitié Croûtonne à cause de ses boutons, grande et sérieuse, destinée à un avenir de magistrate. A ses côtés Rosabella, treize ans de sex-appeal, mini-jupe en cuir et collant anthracite, une nuée de prétendants, de douze à vingt ans, plus en prime deux maniaques.

Dans la travée de droite, l'honneur viril. Au premier rang, Saverio, dit Grassouille, dit Redileu, parce qu'il ne comprenait jamais la première fois, amoureux des jolies formes de Priscilla.

Au deuxième rang, Giorgino Figarino, élégant, complet en daim, fiancé de Lavinia ; mais on chuchote qu'il la trahit avec une Florentine branchée prêt-à-porter. A ses côtés Ettorino Assianatis, très riche et très catholique, célèbre pour ses cartables en cuir d'une demi-brique.

Derrière lui Léopold Lollis, premier de la classe, expert en ordinateurs et ennemi juré de

Priscilla. A ses côtés René le Nain, l'élève le plus pistonné d'Europe, porteur de lunettes et pétomane, fils d'un industriel de la conserve, grand adepte de la masturbation, même pendant les heures de cours.

Au fond, Carletto, dit le Kid. Tombé là en plein trimestre, on ne sait pour quel retard d'acheminement. Loubard au teint blafard, sans aucune habitude ni intention d'étudier, brun avec une banane, le seul qui plût à Priscilla, même s'il n'était pas près de devenir un vrai rival pour les meringues.

Elle était toute là, la cinquième IIC. Absents, mais pas regrettés : une malade et un vacancier. Classe ennuyeuse, conformiste et conforme à l'époque, pensa Priscilla. Elle sortit un cahier de sous la table, et se mit à griffonner.

— Que fait cette demoiselle ? demanda immédiatement le prof. Elle ne daigne pas suivre le cours ?

— Je dessinais, dit Priscilla.

— Ah oui ? Et quoi ?

— Des dinosaures.

— Des dinosaures ?

— Un stégosaure, pour être précise.

— Et je peux vous demander pourquoi ?

— Vous êtes en train de parler d'antiquités, et ces animaux me sont venus à l'esprit.

— Sais-tu, Priscilla, commença le prof, que lorsqu'il y avait des dinosaures, les hommes n'existaient pas ?

Et voilà que ça repart. Et alors ? Ils vivaient quand même très bien, les dinosaures. Ils mangeaient des épinards, de l'herbe, ou ce qu'ils trouvaient, et on ne les obligeait pas à se lever à sept heures du mat' pour s'entendre expliquer la préhistoire. Ils l'apprenaient d'eux-mêmes.

— Et qui, parmi vous, sait comment ils s'éteignirent, les dinosaures ? demanda le professeur en jetant un regard panoramique.

— Ils étaient trop gros ? demanda Grassouille, qui craignait de subir le même sort.

— C'est vrai. Mais ce n'est pas la seule raison. Priscilla, tu sais pourquoi ?

— Parce que le WWF n'existait pas ?

— Toujours spirituelle… Dis-le, toi, Lollis.

Allons-y… Le juke-box est en marche… Donc, monsieur, comme vous le savez sans doute, il y a deux théories, la plus récente soutient qu'un gros corps céleste, entrant en contact avec notre atmosphère…

Priscilla laissa aller sa petite tête sur la table. Pendant la dernière heure, les minutes semblent des ères géologiques. Encore quatre jurassiques et un crétacé avant la fin du cours. Mon Dieu, envoie un corps céleste et fais disparaître les profosaures ! Deux heures de mathématiques, deux heures de rédaction, et maintenant Lollis qui nous résume la Création. Personne ne sortira vivant d'ici.

Ça sonne !

O son merveilleux ! Gargarisme angélique !

O ! corps céleste ! Oh allez tous vous faire foutre. Libres !

Le troupeau se pressait déjà vers la porte.

— Aujourd'hui, ces cinq heures de merde étaient vraiment interminables, dit Lavinia.

— La vraie sclérose, dit Rosabella, et sa voix s'envola dans un trille. Un peu plus et on mourait d'ennui, pas vrai Priscillona ?

— Pas pire qu'hier, soupira Priscilla en jetant un regard désespéré vers la classe.

C'est alors qu'elle vit le Kid qui ne s'était pas encore levé de son banc. Sa tête était appuyée contre le mur, il portait ses sempiternelles lunettes noires. Il dormait, comme d'habitude. Priscilla lui secoua le bras.

— Hé ! Kid, dit Priscilla, tu es sauvé, c'est fini. Tu peux te réveiller maintenant… Kid…

La tête de Kid s'abattit sur la table dans un bruit sourd. Au coin de ses lèvres coulait un filet de salive noire. Le Kid était mort.

A six heures du soir les élèves étaient encore en classe. Sauf le Kid, naturellement. Ils ne paraissaient pas bouleversés, tout au plus agités. Les seuls vraiment tristes étaient Priscilla et Grassouille (le cœur aussi, ils l'ont en abondance, les gros).

— Je n'arrive pas à y croire, balbutiait Grassouille, ce matin on s'est salués, et il m'a donné son habituel coup de poing dans les couilles.

— Sale histoire, disait Priscilla en regardant autour d'elle.

De drôles d'idées traversaient sa petite tête.

— Peut-être que c'est la drogue… J'ai l'impression qu'il se droguait, dit Ettore.

— Non, dit le Nain. J'ai entendu le professeur parler avec le commissaire. Il est mort empoisonné.

— Il s'est suicidé ?

— Ça, on ne le sait pas.

— Pourquoi ne nous laissent-ils pas partir ?

— Le commissaire doit nous le dire.

Eh oui, il y avait un vrai commissaire. Assis à la dernière table, il parlait avec le principal. Ils avaient l'air de deux redoublants attardés. Il y avait quelques professeurs, pâles et alarmés. Quel scandale pour le collège le plus sélect de la ville ! Et puis, il y avait deux flics.

— Je sais que vous voudriez rentrer chez vous, jeunes gens, dit le commissaire, mais avant, nous avons besoin de votre aide. Votre camarade a ingéré un poison… Nous voudrions savoir si certains d'entre vous l'ont vu manger quelque chose… Vous, mademoiselle… Sabellius, vous étiez la plus proche…

Rosabella s'arrangea les cheveux. Mais comment, elle ne devait même pas prêter serment ?

— Moi ?… Non… D'ailleurs, je ne regarde pas beaucoup les autres…

(Murmures. Menteuse. Et tes coups d'œil de fouine…)

— Lui, de toute façon, il ne goûtait jamais…

— Même pas pendant les récréations ?

— Non, intervint Grassouille. Il fumait.

— Il fumait quoi ?

— Il fumait des cigarettes, dit Grassouille. Je veux dire… De celles qu'on fume…

Priscilla intervint, sinon ça promettait de ne pas en finir.

— Il fumait des cigarettes normales, vous avez sans doute trouvé le paquet dans sa poche, non ?

— Et il ne goûtait jamais ?

— Jamais vu faire.

— Et aujourd'hui, quelque chose d'étrange a-t-il eu lieu pendant le cours ? Quelqu'un est-il entré ? Vous avez vu Carletto sortir ?

— Personne, dit Giorgino Figarino. Comme on a eu rédaction, avant la troisième heure personne n'est sorti en récréation. Il y en a qui sont sortis un moment, mais Carletto, je n'ai pas l'impression…

— Moi, je suis sorti, dit le Nain, effrayé, mais je jure que c'était nécessaire.

— Pisser n'est pas un crime, lui glissa Priscilla, par-derrière.

— Et vous n'avez rien remarqué d'étrange ? D'insolite ? dit le commissaire.

— Il y avait beaucoup de mouches, dit une des jumelles. Et elle confirma d'un signe de tête.

— Enormément, approuva l'autre, qui confirma d'un signe de tête.

— A un moment, dit Grassouille, quelqu'un a lancé un petit caillou contre les carreaux, de dehors. Tout le monde s'en est rendu compte.

Il avait fait son devoir, lui aussi.

— Pour être franche, dit Boba, quand le Kid est entré ce matin, il était très pâle… Je lui ai demandé comment ça allait… Et il a dit "bien"… Mais un "bien" pas convaincu, puis…

— Ne l'écoutez pas, c'est du pipeau, coupa Priscillla, si vous la laissez faire, elle va vous faire un show d'une heure.

— Mademoiselle Mapple, épargnez-nous votre habituelle ironie, dit le principal, qui se mit à parler à voix basse avec le commissaire. Il expliquait certainement quelle élève présomptueuse et anarchiste était cette demoiselle. Et comme elle se permettait certaines libertés, supportées seulement parce que, hélas, elle était intelligente.

— Alors, poursuivit le commissaire, vous rappelez-vous si dernièrement Carletto s'est disputé avec quelqu'un ? S'il avait des antipathies ?

Tout le monde se taisait. Hypocrites. Il n'était d'accord avec personne, le Kid. Il ne supportait que Priscilla et Grassouille. Elève difficile, presque inadapté au système scolaire, disait son livret. En attendant, Priscilla était entrée silencieusement en action. Son regard scrutait sous les fenêtres. Elle se pencha pour ramasser quelque chose. Les autres élèves arpentaient nerveusement la classe. L'agitation disparaissait progressivement pour céder la place à une vague peur. Le principal se plaignait auprès du commissaire :

— Cela fait deux heures qu'on les retient… Vous comprenez, les parents téléphonent… Ce sont des gens importants, ce n'est pas un collège quelconque.

Le commissaire acquiesça, dans le plus pur style des jumelles Sabuche.

— Dans une demi-heure, je les laisse partir. Je voudrais parler avec le professeur de lettres.

Mme Danieli, professeur de lettres, arriva, très pâle, effrayée. Elle pleurait. Une brave femme. Priscilla Mapple s'assit sur le rebord de la fenêtre et regarda le petit jardin de l'école avec son terrain de volley, son estrade pour la distribution des prix, ses ormes taillés. Quelle tristesse ! Tu n'en es pas sorti vivant, Kid. Après une heure, il y a une autre heure, puis encore une heure…

Au-dessous d'elle, Grassouille, amoureux et moite, lui mit hardiment la main sur une cheville.

— Priscilla, selon toi, qui crois-tu que ce soit… Je veux dire, aussi un de nous tu penses que ça se peut ?

Ce n'était pas la fatigue. Même quand il était dans une forme éblouissante, il parlait comme ça.

— Mon cher Grassouille, dit Priscilla, mettant ses mains sous son menton dans une attitude songeuse, selon toi, qui parmi nous pouvait en vouloir à Kid ?

— Je ne sais pas.

— Tout le monde !

— Et merde !

— Voyons toutes les hypothèses. Les jumelles ? Le Kid les appelait les sœurs Vouibiensûr, et disait qu'à deux, elles ne faisaient qu'un seul cerveau. Lavinia ? C'est elle qui nous a demandé de signer une pétition pour qu'on renvoie ce "mufle insupportable". Et si tu te rappelles bien, le mois dernier, le Kid a dit à Boba que son père s'était enrichi pendant la guerre. Et Boba lui a envoyé un coup de pompe. Un coup de pompe de luxe, mais quand même un coup de pompe. Et Rosabella, notre vamp ?

— Peut-être avaient-ils eu un flirt, et elle ne voulait pas que ça se sache…

— Elémentaire, mon cher Grassouille… Ou bien Maria Cristina… Toujours dans l'ombre de Rosabella, amoureuse du Kid sans espoir : ou il est à moi, ou il ne sera à personne…

— Et merde, répéta Grassouille, agité.

— Passons au rayon hommes. Giorgino Figarino. Une fois, ils se sont même cognés, rappelle-toi, c'était sur le terrain de volley, là-bas. Et Ettorino ? On avait l'impression qu'il le haïssait, mais de temps en temps, il le touchait.

Grassouille fait une moue de carpe.

— Et le Nain ? Combien de claques sur la tête il lui a collées, le Kid. L'autre se retournait et grondait : “Arrête, ou je te tue.” Et Lollis ? Il ne le regardait même pas : je pense que le seul fait d'entendre sa respiration dans son dos le dégoûtait. Et quant à toi, Grassouille…

— Moi ? Et pourquoi ?

— Parce que tu es gros et laid et que lui, il était maigre et beau…

— Alors pour toi, c'est pareil.

— Non, moi je suis grosse, mais d'une exceptionnelle beauté, dit Priscilla.

— Tu es en train de te moquer de moi.

— Bien sûr, dit Priscilla en se levant et en s'étirant. Qu'est-ce que tu crois, qu'on tue pour si peu ?

Le commissaire s'était approché, d'une démarche chaloupée ; il avait un sourire forcé.

— Alors, Priscilla… On m'a dit que tu étais une jeune fille très délurée… Tu n'as rien à me dire ?

— Vous avez découvert lequel d'entre nous est l'assassin ?

— Priscilla, dit le commissaire avec un petit rire très professoral, explique-moi pourquoi ce devrait être l'un de vous.

— Sinon, pourquoi nous garderiez-vous ici ? Et pourquoi avez-vous fermé le portail du collège ? Je n'ai encore vu sortir personne. Ça veut dire que vous avez la certitude que le Kid a été empoisonné pendant les heures de cours, n'est-ce pas ?

Le commissaire s'assit, étonné. Vraiment délurée, la petite.

— Eh bien, oui. Selon le médecin légiste, le poison a été ingéré entre onze heures et midi… C'est un poison qui agit à peu près en une heure…

— Et qui s'appelle le curare ?

Le commissaire pâlit.

— Ça se pourrait… Pourquoi ?

— J'ai lu quelque chose dans le genre. Ça endort petit à petit, c'est presque indolore. Le Kid ne s'est même pas plaint, il est resté là sans qu'on s'en aperçoive. Il dormait presque toujours pendant la dernière heure.

— On attend les analyses… Ça se pourrait, répéta le commissaire. Et qu'est-ce que tu peux me dire d'autre ?

— Que vous êtes dans la merde. Le Kid n'est pas sorti de la classe entre onze heures et midi, donc, il l'a avalé là-dedans. Selon vous, il l'a fait exprès ?

— On pense que oui. Suicide.

— Eh bien, non, dit Priscilla en bâillant.

— Tu es en train de te moquer de moi ?

— Si c'est ce que vous croyez, je n'ai rien dit.

— Non, continue… dit le commissaire.

— Je voudrais un cappuccino et deux pâtisseries.

Le commissaire dit quelque chose à l'oreille du flic, qui se le fit répéter deux fois et sortit. Priscilla pensait que, vraiment, elle était en train de bien s'amuser. Le principal allait de long en large, très agité, se souvenant que dehors il y avait le député, la comtesse, le notaire, le docteur… Les mots "s'adresser à la presse" et "pauvres petits séquestrés" tintaient à ses oreilles.

— Dans dix minutes, je fais sortir tout le monde, dit le commissaire, mais maintenant, faites-les taire. Continue, Priscilla.

— D'accord. Vous m'avez demandé tout à l'heure si j'avais remarqué quelque chose d'étrange. Vous savez, moi, à l'école, je m'ennuie beaucoup…

— Je ne vois pas le rapport.

— Commissaire, si un lac est tranquille, et que quelqu'un y jette une pierre, tout le monde le remarquera, non ? De la même façon, si quelqu'un s'ennuie, toutes les petites choses qui arrivent, toutes les petites choses qui brisent l'ennui... Paf !... Elles vous atteignent.

Le commissaire alluma une cigarette ; il était si nerveux qu'il en offrit aussi une à Priscilla.

— Merci, vous avez du feu ? dit-elle immédiatement.

Le principal, voyant la scène, accourut indigné, mais le commissaire l'éloigna d'un geste impérieux de la main. Priscilla commença à le trouver sympathique et aspira deux bouffées triomphantes.

— Aujourd'hui, deux choses sont venues, survenues dirais-je, qui ont troublé les eaux du lac, et cela, précisément pendant la rédaction. Un : Kid n'a pas écrit de toute la première heure. Il faisait semblant. Je l'ai regardé deux ou trois fois, il lisait un illustré.

— Tu regardes toujours autour de toi pendant la rédaction ?

— Je la fais en vingt minutes. Puis je la corrige un peu, pour donner l'impression de travailler encore. C'est ça, le génie. Je ne sais pas si vous pouvez comprendre...

— Continue, grommela le commissaire.

— Par contre, aujourd'hui, il y avait quelqu'un qui écrivait deux fois plus vite qu'à l'accoutumée, comme si ce quelqu'un était pressé... Et ce n'est pas un habitué du genre.

— Qu'est-ce que ça veut dire ?

— Commissaire, dit Priscilla en rejetant la fumée comme une vraie vamp, cela m'étonne de vous. Si le Kid n'écrit pas, et que quelqu'un écrit à toute allure, on peut supposer que l'autre est en train d'écrire la rédaction du Kid.

— Bien… Oui… On peut le supposer…

— On peut ! Et il s'est passé autre chose… Le petit caillou à la fenêtre… C'est vrai, il a été lancé, mais pas de l'extérieur, de l'intérieur… Le voici, je viens de le retrouver…

— Et qu'est-ce que ça veut dire, ce petit caillou ?

— Pourquoi lance-t-on un petit caillou contre une fenêtre, commissaire ? Pour attirer l'attention. Sans doute pour que tout le monde regarde par là, et pas ailleurs. Tout le monde a regardé du côté de la fenêtre, mais peut-être qu'ailleurs il se passait quelque chose…

— Quoi ?

Le flic arriva avec le cappuccino et les pâtisseries, et il parla à l'oreille du commissaire. Le commissaire perdit patience.

— Dites à ces messieurs et dames que, s'ils ne cessent pas de me les briser, je boucle les mômes ici pendant une semaine, et je les torture. Alors, Priscilla, reprit le commissaire, qu'est-ce qui arrive pendant que tout le monde regarde la fenêtre où a été lancé le petit caillou ?

— Quelqu'un passe sa rédaction au Kid.

— Admettons… Mais ceci n'est pas un crime !

— Non, commissaire. Mais supposons que ce quelqu'un soit la dernière personne à laquelle vous vous attendiez, une personne qui n'avait aucune raison de le faire ? Qu'en penseriez-vous ?

— Que c'est étrange.

— Un autre petit caillou dans la mare… Et c'est justement à partir de là que j'ai commencé mon enquête… Sur le moment, je n'ai pas remarqué que le devoir avait changé de place, mais j'ai remarqué que "quelqu'un" continuait à écrire à un rythme soutenu… Et moi, je pense que si on regarde la rédaction de cette personne, on verra facilement que c'est écrit en vitesse, et que ce n'est pas long… Puis, à partir de la quatrième heure, le Kid a aussi commencé à écrire à toute pompe…

— Admettons. Mais le délit de copiage n'existe pas.

Priscilla acquiesça de la tête en avalant une grosse fraise.

— Voulez-vous, s'il vous plaît, faire venir ici la bibliothécaire ?

Le commissaire se demanda bien pourquoi. Cette gamine diabolique le menait par le bout du nez. La vieille bibliothécaire arriva, et Priscilla parla avec elle à voix basse. Quand la femme sortit, Priscilla avait sur le visage une expression de triomphe.

— Et maintenant ?

— Voulez-vous convoquer le Nain… Pardon, l'élève Rovelli Renato ?

Le super pistonné se présenta, pâle et renfrogné.

— Je peux te poser une question, Nain ? demanda Priscilla.

— A toi, je ne dirai rien, vipère.

— Alors, j'en référerai au commissaire, et c'est lui qui t'interrogera…

Le Nain écarquilla les yeux. Priscilla, calmement, buvait son cappuccino à petites gorgées.

— Qu'est-ce que tu veux savoir ?

— Tu n'as jamais copié, Nain ?

— Moi ? rugit le Nain, mais qu'est-ce qui te passe par la tête ?

— Vu que tu t'es mis à côté du premier de la classe…

— Ecoute, ma belle. Si tu veux le savoir, quand il y a des devoirs, Lollis et moi mettons des livres entre nous, comme ça, on n'est même pas tentés… Contente, maintenant ?

— Je le savais, mais je voulais que tu le confirmes. Tu ne vois donc jamais ce que fait Lollis.

— Et il ne voit pas non plus ce que je fais, dit fièrement le Nain.

— Il ne sait pas ce qu'il perd. Tu lui dis de venir, s'il te plaît ?

Le Nain courut presque pour aller au fond de la classe, et il transmit la demande. Le premier de la classe arriva. Pas un cheveu en désordre. Il s'assit, raide et soupçonneux. Il s'était aperçu de l'ascendant que Priscilla avait pris sur le commissaire.

— Salut, Lollo.

— Ne m'appelle pas comme ça.

— Docteur Lollis, ton dernier devoir de mathématiques, il y a trois jours, n'a pas été un chef-d'œuvre…

— Et qu'est-ce que ça peut te faire, à toi ?

— Je veux dire, c'est étrange, de passer de dix-huit de moyenne à quatorze, comme ça…

— Ça peut arriver.

— Ça ne devrait pas t'arriver, à toi. Cette note m'avait beaucoup étonnée… De même que le quatorze du Kid.

— Tu vois ? dit Lollis en souriant, des fois ça va, et d'autres, non.

— Et pourquoi l'as-tu laissé copier ?

— Tu rêves !

— Allons ! Je parie que si nous allions regarder vos deux devoirs, nous verrions que les erreurs sont plus ou moins les mêmes… Tu ne pouvais pas faire obtenir un dix-huit au Kid, c'eût été remarqué… Alors, tu t'es sacrifié… Peut-être lui as-tu même indiqué où changer quelques petites choses.

— Ce n'est pas vrai… Je ne passe jamais mes devoirs, moi.

— Et moi, je dis que tu l'as fait. J'ai repensé à ce devoir, Lollis… Pour quelqu'un comme toi, il était inadmissible de faire ces erreurs-là… Et tu n'étais ni étonné, ni déçu, quand tu as eu ton quatorze… Maintenant, je m'en souviens bien… Tu sais, les petits cailloux dans la mare…

— Les quoi ?

— Rien. Comme ça, tu as décidé d'aider le Kid… Et de lui faire sa rédaction. Je t'ai vu aujourd'hui, tu as foncé, tu as écrit pendant deux heures alors que normalement tu t'en sors en un peu plus d'une heure… Tu as une régularité d'horloge, Lollis… Pourquoi donc as-tu décidé de changer le réglage ?

— Tu délires, glapit Lollis. Ne me dites pas que je dois encore lui répondre.

— Si, vous le devez, déclara le commissaire.

— Tu n'as pas de preuves, reprit Lollis en s'adressant à Priscilla.

— C'est vrai, je n'ai pas de preuves… Je veux dire, deux devoirs de mathématiques presque identiques et une rédaction écrite à toute allure, c'est quelque chose d'étrange venant de toi, Lollis, mais… Il faudrait, je ne sais pas, moi, le brouillon de la rédaction passée au Kid… Ou bien…

La bibliothécaire arriva à ce moment précis avec un volume : c'était un livre de chimie en usage en fac.

— Combien as-tu en sciences, Lollis ? demanda Priscilla.

— Dix-huit.

— Bien sûr, si tu lis des livres comme ça, tu as dix ans d'avance sur nous, remarqua Priscilla en riant. Je sais que tu es bien meilleur que moi en sciences… et que ton oncle est un biologiste célèbre…

— Comment l'as-tu appris ?

— C'est toi qui me l'as dit. Tu te vantes souvent de ce que font les gens de ta famille, docteur Lollis. Et voilà un autre petit caillou qui tape aux carreaux de ma mémoire. Il y a deux semaines, tu lisais ce livre, pendant la récréation, dans le jardin. Cela ne m'a pas paru étrange à l'époque. Moi aussi, je viens au collège avec Poe et tante Agatha… Tu te l'es fait prêter par la bibliothèque du collège, n'est-ce pas ?

— Tu le sais parfaitement. Et alors ? J'en ai fait régulièrement la demande.

— Bien sûr, bien sûr, dit Priscilla en feuilletant négligemment le livre. C'est un livre où l'on parle beaucoup de poisons, hein ? Regarde là, il y a un chapitre entier sur la question. Tu prends soin des livres, toi, Lollis… Il a l'air neuf… Et même, tiens, quel hasard, il est neuf ! C'est une édition de cette année… Tu es généreux, Lollis… Tu te fais prêter des livres anciens, et tu en rapportes des neufs !

Lollis commença à tortiller nerveusement ses lunettes.

— Qu'est-ce que tu voudrais prouver ?

Priscilla Mapple se leva de tout son mètre cinquante de rondeur.

— Lollis ! Il n'y avait aucune raison pour que tu aides le Kid. Ce n'est pas ton genre. Tu n'as jamais aidé personne et, plutôt que de laisser copier une ligne, tu dresserais un mur au milieu de la table. Tu haïssais le Kid ; donc, si tu l'as aidé, tu avais un plan. Tu as gagné sa confiance en lui offrant ton devoir de maths. Puis tu lui as passé ta rédaction. Et tu l'as tué !

Lollis se leva, très pâle.

— Doucement, mademoiselle, doucement, intervint le commissaire. Attention à ce que tu dis.

— Je fais toujours très attention, répliqua Priscilla en agitant une feuille pour se faire du vent. Regarde ta rédac' d'aujourd'hui, Lollis, très courte et écrite au stylo.

— Où l'as-tu trouvée ?

— Je me suis permis de perquisitionner le cartable du professeur de lettres, ricana Priscilla. Alors, pourquoi donc n'as-tu pas utilisé ton beau stylo à plume ?

— Perfide, répondit le garçon, en pleurant presque. Mon père te dénoncera.

— Priscilla, maintenant, tu exagères, dit le commissaire. Voudrais-tu, s'il te plaît, me dire comment il l'aurait tué ?

— Avec la rédaction.

— Tu es folle ! s'exclama Lollis.

— Avec le brouillon de la rédaction. Tu as mis du curare dans l'encre du stylo. Tu as écrit la rédaction pour le Kid. Avant, tu lui avais dit : Je te la passe, mais promets-moi qu'après avoir copié tu détruiras la feuille… Or, depuis que le monde est monde, et que l'école est ce qu'elle est, les brouillons compromettants sont détruits d'une seule manière : on les mange.

— Continue, ordonna le commissaire.

— Pas difficile d'imaginer ce qui est arrivé. Tu dis au Kid : je ne te la passe que si tu jures de manger tout de suite le brouillon, sinon je ne te passerai plus rien. Avec quelqu'un comme toi, c'est sûr que le Kid ne s'étonne pas d'une telle condition. Tu fais un essai avec le devoir de maths.

Un papier très fin, ces feuilles que je t'ai vu souvent utiliser. Le Kid avale. Et avec la rédaction aussi, il obéit… Et il ingurgite le poison.

— Prouve-le !

— Où est ton beau stylo à plume, Lollis ? Car pendant la première heure tu l'avais, je l'ai vu.

— Je ne le trouve plus… Je crois que je l'ai perdu… bredouilla Lollis.

— Ben voyons… Le très ordonné Lollis perd son stylo à plume et ne s'en préoccupe pas, ne demande pas si quelqu'un l'a trouvé ! Moi, par contre, je crois qu'on le retrouvera, ce stylo, peut-être dans le jardin, sous une fenêtre… Celle-là, au bout, contre laquelle tu étais appuyé tout à l'heure.

Le commissaire fit au flic un signe de la tête.

— Et dis-moi encore une chose, Lollis, poursuivit Priscilla, implacable. Pourquoi as-tu pris un livre ancien à la bibliothèque pour en rapporter un neuf ? Je le sais, moi, Lollis. Passe-moi un de tes livres : tu vois, il est souligné partout, c'est ta manie, sinon tu n'arrives pas à étudier… Et ça n'aurait pas fait bon effet de rapporter un livre où étaient soulignés les chapitres concernant les poisons !

Lollis baissa la tête. Il haletait légèrement.

— La rédaction, le livre, le stylo à plume, ça ne te suffit peut-être pas : disons alors que si l'autopsie révèle la présence de papier dans l'estomac du Kid, ce détail prendra une certaine importance. On ne pensera pas seulement que c'était son goûter préféré. Et on trouvera certainement du curare chez ton oncle. Et si tu veux que je continue…

Le flic appela de la cour. Le commissaire se pencha. Ni Priscilla ni Lollis ne bougèrent.

— Tu as de la chance, dit Priscilla, on a retrouvé ton stylo à plume.

— Connasse, répondit Lollis en se mettant à pleurer, connasse, tu as tout gâché.

Le commissaire fit sortir les autres élèves, dont les regards interrogateurs se posaient sur Lollis en larmes, et sur Priscilla qui s'était tournée vers la fenêtre.

— Mais pourquoi ? demanda le commissaire.

Lollis ne répondit pas.

— J'imagine que c'est pour cette histoire de moyenne, non ? dit Priscilla sans se retourner. Pour laquelle tu faisais chaque jour des calculs sur ton cahier de textes.

— Oui, soupira Lollis, sans le Kid on aurait pu être les meilleurs de l'école… Sans ses six et ses huit, on aurait eu la meilleure moyenne. Avec lui dans la classe, on n'avait aucune chance d'être présentés au concours académique.

— Le concours des classes modèles ? demanda le commissaire.

— Oui, répondit Lollis. Lui… Il n'avait rien à voir avec nous. A quoi ça sert d'étudier autant, si le premier zonard venu gâche tout… Il énervait les profs, nous faisait perdre notre temps… On formait une si belle classe…

Le flic l'emmena, droit et gonflé d'orgueil, comme toujours. Le principal semblait avoir vieilli de quelques ères géologiques. Priscilla et le commissaire parcoururent ensemble les couloirs du collège désert, les grands pieds de l'un et les petites chaussures de l'autre résonnant dans des tonalités différentes. Dans le hall, le commissaire s'arrêta et tapota la joue de Priscilla.

— Je dois avouer que dans un premier temps, nous nous dirigions tout droit vers l'hypothèse du suicide... Bah ! Sûrement qu'après on aurait eu des soupçons.

— Sans aucun doute, dit Priscilla.

— Merci pour tout.

— Merci pour le cappuccino.

Du portail enfin ouvert, Priscilla entrevit sa famille disposée en rang d'oignon. Le commissaire lui serra la main.

— Bien, mademoiselle... Je serais heureux si j'avais une fille comme toi... Quoique... Non, je n'en suis pas vraiment sûr.

— C'est plus ou moins ce que pense mon père, dit Priscilla.

Le récit de la blonde à la robe rouge

LE DESTIN SUR L'ÎLE DE SAN LORENZO

Tu peux te lever très tôt, dès l'aube,
mais ton destin s'est levé une heure
avant toi.

Proverbe africain

Au commencement était le Rêve, qui eut pour enfants Siopé le silence et Mumusoin le bruit, qui donnèrent naissance à Dyaus le ciel, Indigo la terre et Caleb le rire, qui donnèrent naissance à la mer, au milieu de laquelle surgit l'île de San Lorenzo en forme de petite grenouille. Et dans la tête de la grenouille apparut la capitale. Et sur la terrasse d'une des maisons de la capitale, au soir d'un de ces nombreux jours indifférents à Dieu, se trouvait Alfonso le beau faisant sa gymnastique au son du disque *Apaches*, vêtu d'un simple slip en léopard.

De sa fenêtre Olga la belle le vit, trouva qu'il était le plus beau et le plus en sueur de tous les hommes, et son cœur gémit dans sa poitrine, tel un bourdon dans les bambous.

Plusieurs minutes passèrent ainsi, les muscles d'Alfonso frétillant dans le rouge du couchant, Olga la belle les contemplant encore. Une voiture renversa un passant et le projeta contre une autre, un attroupement se forma, le passant était mort : son âme monta au ciel un peu roussie, c'était une âme de dentiste ; la dernière chose qu'il vit sur terre fut le visage rêveur d'Olga à sa fenêtre, et il regretta beaucoup de devoir partir.

S'il est vrai qu'amour et mort sont liés, et que la même déesse en débrouille les fils, ce fut à ce moment précis que tout commença. Alfonso le beau entendit la rue s'animer, mit autour de ses reins une serviette, elle aussi mouchetée, et se pencha. C'est ainsi qu'il vit Olga, en combinaison couleur pêche, tourmentant ses longs cheveux blonds : la flèche de Cupidon parcourut aisément les dix mètres à peine qui séparaient les deux balcons, et transperça ces cœurs voisins. Alfonso jura sur-le-champ que s'il n'avait pas cette blonde il se tuerait, privant ainsi le monde d'une musculature d'exception. Olga jura que si elle n'avait pas ce magnifique gymnaste, elle le tuerait. La situation initiale voyait donc Alfonso partir avec un net avantage.

Le soir même Porfirio, le veuf, emmena ses deux fils, Diset et Disuit, au bord de la mer pour chercher des coquillages. La plage de San Lorenzo en était particulièrement dépourvue. Ils ramassèrent quelques fossiles de pastèque, de nombreuses petites cuillers pour crèmes glacées, et un bout de bois ressemblant à un petit chat selon Disuit, à un Martien selon Diset.

A la fin de l'expédition scientifique, Porfirio s'étendit sur le sable et regarda les bateaux sanlorentins, certains verts, d'autres bleus, mouillant dans le goudron du port. Il regarda les mouettes revenant de la ville, repues d'immondices. Il regarda l'hôtel dont il était le propriétaire, un vingt-sept chambres qui lui procurait un revenu correct. Heureux, il pouvait l'être, mais heureux, il ne l'était pas. Jamais comme ce soir-là il n'avait senti que son existence n'avait aucun sens sans l'amour d'Olga la belle.

Ainsi va, il est vrai, la vie ; et les Indiens disent qu'en elle, la force la plus puissante est celle d'une divinité au nom menaçant et long :

Tèmkin'tèmpatunèmpakit'ème.

C'est le Dieu des amours jamais payées de retour, celui qui s'amuse à mettre au point, en d'infinies rencontres ratées, tous les malheurs possibles, et tous les possibles désespoirs.

Porfirio aime Olga mais n'est pas payé de retour. En revanche, il est aimé d'Ernesto. Ernesto est un garçon de café naturellement mélancolique, qui sert des liquides versicolores aux clients du Bellevue, le café le plus élégant de San Lorenzo. Le soir, il s'habille en Sultan Morfondu, mi-odalisque, mi-corsaire, et part en quête d'amour dans les rues du port. Allure fière, bouche vorace, tarif modique. C'est là qu'une nuit il rencontre Porfirio, veuf depuis peu, ivre, en larmes. C'est sans les défenses de l'habitude qu'ils s'accostent (nous sommes dans un port). Ernesto s'entiche de cet homme qui pleure avec tant de style, cite Catulle, et le traite avec gentillesse. La nuit est inoubliable. Je sais que vous voudriez en savoir plus, mais Porfirio a honte. En fait, après cette nuit, il se refuse.

Ernesto, par contre, est follement aimé de Cristina, jeune femme de chambre aux cheveux bouclés qui ne comprend pas la raison de l'indifférence de son Adoré. Et c'est lui qu'elle veut, pas Alfonso le beau qui l'aime (c'était comme ça, en tout cas, jusqu'à hier), l'aime et met pour elle tous les habits mouchetés dont il dispose, une cravate en jaguar, des ceintures pythonoïdes, et même une veste d'océpard, animal exotique qui fait autant horreur aux indigènes qu'à ses congénères.

Voici donc que tourne la roue diabolique, mais elle s'est arrêtée sur un numéro à surprises : Alfonso et Olga s'aiment. S'il n'en était pas ainsi, nous aurions un cercle sacré complet, avec au centre Tèmkin'tèmpa. Soit : Olga souffrant d'amour pour Alfonso le beau souffrant pour Cristina souffrant pour Ernesto souffrant pour Porfirio le veuf souffrant pour Olga la belle. Mais Olga et Alfonso sont là, qui se regardent ; l'ambulance arrive pour emporter la dépouille du dentiste, et eux, ils se regardent. Olga tourmente ses cheveux blonds, Alfonso reste en sueur dans le courant d'air, même si cela ne lui fait pas de bien, l'ambulance repart, au cinéma on placarde l'affiche du film *Les Amants* (est-ce un hasard, un truc ?). Alfonso est déconcerté. Jamais, de son balcon, il n'avait éprouvé autre chose qu'une légère émotion pour le paysage : et le voici, maintenant, ébahi devant la belle tricotillomane. Alfonso, ô balourd qui jamais n'aima, que t'arrive-t-il ? Avec romantisme, sa main descend à l'intérieur du slip en léopard pour soupeser le pour et le contre des choses. Il bâille. Olga trouve que même ses amygdales sont belles. Eperdument amoureuse, qu'elle est. Avant de fermer sa fenêtre, elle le salue sans équivoque, en lui envoyant un baiser.

C'est le début d'un beau bordel.

Le jour suivant, le destin, aux aguets, rôde travesti – nous ne dirons pas en quoi – au milieu des mille visages de la fête du Thon de San Lorenzo. Tous les ans, l'île fête cet animal bleu et doux qui assure quarante pour cent des recettes locales. La fête mêle accordéons et cris, couleurs et soupirs d'amour des deux sexes. Alfonso le beau s'y promène, gainé dans sa chemise argentée, couleur thon, justement, avec une ceinture en jaguar et des santiags, offrant au monde sa beauté à peine voilée par la mélancolie amoureuse. Olga la belle s'y promène, vêtue de fuchsia, recevant les appréciations les plus flatteuses qu'une femme ait jamais obtenues à la fête de San Lorenzo. Ils se promènent dans des directions opposées, et donc, ils ne se rencontreraient jamais si n'intervenait le destin, dissimulé sous les traits (attention !) d'un marchand de friandises, de nougats pour être exact. Et quels nougats ! Peut-être Ishtar elle-même, déesse de la séduction, et Replétus, dieu de l'excès alimentaire, les ont-ils faits de leurs mains avec du miel de l'Olympe et des drogues aphrodisiaques, car la friandise répand dans le cosmos une odeur à laquelle il est impossible de résister. La ville la sent, la banlieue la sent, où des enfants par dizaines sont penchés à leurs fenêtres et entonnent des chœurs plaintifs de désir ; le plus rude des pêcheurs la sent aussi, à quelques milles de la côte, et les thons eux-mêmes, eh oui, les thons, s'arrêtent pour humer, charmés : une chance pour eux que personne n'ait l'idée d'utiliser le nougat comme appât.

Gourmand et attiré, Alfonso tient donc la direction nord-ouest tandis qu'Olga vire du sud-ouest au ponant, puis s'oriente aussi nord-ouest, du côté du nougat, suivant l'odorant sentier du destin. C'est là, devant le comptoir des confiseries, qu'ils se rencontrent : qui saura dire leur regard ? Un défi, une promesse, un enchantement, tout ce que vous voudrez. Le marchand de nougats (Jupiter travesti ?) sourit, complice, tandis qu'ils s'éloignent ensemble, désormais liés par l'éternelle magie. Comme s'ils se connaissaient depuis toujours, il lui parle du championnat de foot, de son gymnase, de son ménisque. Elle lui parle de sa sœur, de canaris, de chiffons. A vingt-trois heures quarante ils s'embrassent, et la roue du destin se met à tourner follement. Porfirio le veuf les repère dans la foule. A la vue de la femme de ses rêves dans les bras de l'homme léopard, son cœur se cabre. A grand-peine, il retient un cri. Il baisse la tête et commence à filer des claques à ses fils, au rythme de deux claques pour chaque “papa, tu m’l’achètes”. Les petits, bouleversés par la violence paternelle, se taisent, chose qui n’arrivait plus depuis l’enterrement de leur mère.

Porfirio avale sa colère et ses larmes, s’assoit à la terrasse du premier bar venu, et commande un cognac. C’est Ernesto, remplaçant un collègue, qui le lui porte. Porfirio le reconnaît et prend sa décision sur l’heure : ils vont s’aimer. C’est seulement comme ça qu’il oubliera Olga. Le soir même, les voici qui partent, short et tandem, vers le bord de mer, ivres, à la recherche d’une plage tranquille où consommer leur scandaleux amour. Cristina les voit et les ragots de ses collègues les plus malveillantes reçoivent confirmation. Folle d’amour repoussé, elle décide de se donner le soir même à Alfonso le beau. Elle se maquille de la tête aux gros orteils, met l’un sur l’autre tous les vêtements transparents qu’elle possède, ce qui a pour effet d’éliminer toute transparence. Elle sonne à la porte d’Alfonso.

— Qui est-ce ?

— C’est Cristina, je peux monter ?

Suprême facétie de tèmkin’tèmpa ! Ces quelques mots qui, la veille encore, auraient constitué les marches de l’escalier conduisant au paradis, se heurtent à la complète indifférence d’Alfonso, qui répond cruellement :

— Je ne suis pas seul.

C'est vrai. Ils sont au lit. Lui, nu et hirsute, elle, blanche et combinaison pêche, épuisés par un après-midi d'amour, n'ayant plus de cigarettes, l'un fumant les mégots de l'autre – et plus d'alcool – buvant de l'eau et suçant des glaçons.

Cristina, folle de douleur et d'humiliation, s'enfuit, court, et court encore, jusqu'à ce qu'elle arrive sur le môle. La mer est calme. Le bleu profond fixe Cristina de son œil lumineux. Non loin, chantent les thons. Un splendide coucher de soleil éclaire les boucles de la fille, et la fait paraître plus jeune encore. Au fond, c'est beau de mourir jeune, pense Cristina : si je ne le fais pas maintenant que c'est possible, je le regretterai peut-être quand je serai vieille. Et la voici qui ferme les yeux et se jette à l'eau. Le plongeon dans l'eau froide lui soulève impudiquement la jupe. Elle retient son souffle. Sa vie passe devant elle en un éclair. Sa tante Editta. Son père qui dort sous un palmier. Des prunes merveilleuses dans un pot trop haut pour ses petits bras. Une camarade d'école, morte de la tuberculose. Son premier baiser. Des pourboires. Puis, le beau visage brun d'Ernesto se détachant sur le blanc de sa veste de garçon de café. Ernesto en tandem avec son amant qui braille des chansons paillardes. Et plus rien. Elle respire profondément, puis rejoint la rive à la nage.

Deux semaines plus tard Cristina gagne le premier prix d'un concours de lessives, une automobile. Le moniteur de l'auto-école s'appelle

Goffredo, il est grand et sympathique. Je n'en dis pas plus. Ernesto quitte Porfirio après une querelle à propos de l'éducation des enfants. Entre Olga et Alfonso s'insinuent d'abord des couloirs de silence, puis des chambres, puis des immeubles entiers. Des heures et des heures passées, elle, à se faire les ongles, lui, à faire des flexions. Une nuit Olga est réveillée par un bruit affreux dans la cuisine. C'est Alfonso qui s'empiffre de homards froids. Le jour suivant elle va seule au cinéma voir *Demain je pleurerai*, puis elle pleure à la fenêtre de chez elle. De là, elle voit Alfonso qui se gonfle et se dégonfle au son de la musique d'*Apaches*. Elle se demande comment elle a pu perdre deux semaines de sa vie avec un type pareil.

Arrivé à ce point, le destin se demande aussi si cela vaut la peine de se déguiser en marchand de nougats, de faire mourir les dentistes, chanter les thons, dans le seul but d'amuser ces enfants inconstants que sont les hommes. Personne ne lui répond : car personne ne peut donner de conseils au destin, pas plus à San Lorenzo qu'ailleurs.

Le récit de la fille à la mèche

LA GUITARE MAGIQUE

Toute injustice nous offense, si elle ne nous procure aucun profit direct.

LUC DE VAUVENARGUES

Il était une fois un jeune musicien nommé Peter qui jouait de la guitare au coin des rues. Il grappillait ainsi quelques sous afin de poursuivre ses études au Conservatoire : il voulait devenir une grande rock star. Mais les sous ne suffisaient pas car il faisait très froid et les passants étaient rares.

Un jour, alors que Peter jouait *Crossroads*, un vieil homme avec une mandoline s'approcha de lui.

— Pourrais-tu me céder ta place ? Elle est au-dessus d'une bouche d'égout, et il y fait plus chaud.

— Bien sûr, dit Peter, qui avait bon cœur.

— Pourrais-tu, s'il te plaît, me prêter ton écharpe ? J'ai si froid…

— Bien sûr, dit Peter, qui avait bon cœur.

— Pourrais-tu me donner un peu d'argent ? Il n'y a pas un chat aujourd'hui, je n'ai ramassé que quelques pièces et j'ai faim.

— Bien sûr, dit Peter, qui etc. Il n'avait qu'une dizaine de pièces dans son chapeau, et il les donna toutes au vieux.

C'est alors que le miracle eut lieu : le vieux se transforma en un homme fardé, rimmel et rouge à lèvres, longue crinière orangée, caban en tissu lamé, talons de dix centimètres.

— Je suis Lucifumàndro, le magicien des effets spéciaux. Puisque tu as été bon avec moi, je vais te faire cadeau d'une guitare enchantée. Elle joue toute seule n'importe quel morceau, il suffit que tu le lui ordonnes. Mais souviens-toi de ceci : elle ne peut être utilisée que par des hommes au cœur pur. Malheur au méchant au cœur impur qui y touchera ! Il s'ensuivra d'horribles conséquences !

Cela dit, on entendit dans les airs un terrible accord de *mi* septième, et le magicien disparut. Il ne resta, par terre, qu'une guitare électrique en forme de flèche, avec une caisse en nacre et des cordes en or. Peter l'embrassa et lui dit :

— Joue-moi *Hey Joe*.

La guitare exécuta le morceau bien mieux que ne l'avait jamais fait Jimmy Hendrix, et Peter ne put s'empêcher de feindre de jouer. Des tas de gens s'arrêtèrent, et les pièces commencèrent à pleuvoir dans le chapeau de Peter.

Quand Peter cessa de jouer, un homme vêtu d'un manteau de caïman s'approcha de lui. Il dit qu'il était un manager du disque, et qu'il ferait de Peter une rock star. Effectivement, trois mois plus tard, Peter était premier dans tous les classements américains, italiens, français et malgaches. Sa guitare en flèche était devenue un symbole pour des millions de jeunes, et tous les guitaristes enviaient sa technique.

Une nuit, après un concert triomphal, croyant être seul sur scène, Peter dit à sa guitare de lui jouer quelque chose qui lui permette de se détendre. La guitare lui joua une berceuse. Mais, caché dans les coulisses du théâtre, se trouvait le méchant Black Martin, un guitariste envieux du succès de Peter. Il comprit alors que la guitare était magique. Il passa derrière Peter et lui glissa dans le dos une prise de trois mille volts qui provoqua sa mort. Puis il vola sa guitare et la peignit en rouge.

Le lendemain soir, les artistes étaient réunis en concert pour célébrer la mémoire de Peter, prématurément disparu. Il y avait Prince, Ponce et Parmentier, Sting, Stinsteen et Stronhaim. Puis vint le tour du méchant Black Martin.

A voix basse, il ordonna à la guitare :

— Joue-moi *Satisfaction*.

Savez-vous ce qui se produisit ?

La guitare joua mieux que tous les Rolling Stones réunis. Ainsi le méchant Black Martin devint une rock star, et tout le monde oublia très vite le bon Peter.

Car c'était une guitare magique avec un léger défaut de fabrication.

Le récit du marchand de tapis

LES QUATRE VOILES DE KULALA

SOMMEIL !... Balayeur de la rancœur !

TRISTAN CORBIÈRE

Dans un village sur le fleuve Yuele vivait un homme qui s'appelait Doruma et qui était très heureux. Il avait une femme très belle, deux enfants sains, et un champ fertile. C'était un bon chasseur et, dans le village, il n'avait pas d'ennemis. Tant et si bien que Shabunda, le diable du bois, le voyant chanter et fumer devant sa paillote comme le plus heureux des hommes, fut dévoré d'envie. Et, par dépit, il entra une nuit dans la paillote, lui mit ses doigts crochus dans les cheveux, et de là lui retira le sommeil. Doruma se réveilla tout à coup, réveilla sa femme Oda, et lui dit qu'une ombre malveillante l'avait effleuré. C'est seulement un mauvais rêve, dit Oda. Retourne dormir.

Mais Doruma ne dormit ni cette nuit-là, ni la nuit suivante, ni aucune nuit de cette lune. Même s'il passait son temps à travailler et à chasser, au point de revenir chez lui si fatigué qu'il ne tenait plus debout, le sommeil ne venait pas. Il essaya de se faire caresser par la queue d'un loir Chaqui, de boire l'herbe Téréné qui fait même s'agenouiller les éléphants, il tenta de dormir sur la terre, sur les arbres et sur les pierres de la rivière, rien n'y fit.

Vint alors le sorcier du village, qui vit dans quel état il se trouvait. Il dit que le diable Shabunda lui avait volé le sommeil et qu'il n'existait pas de magie capable de le lui rendre ; c'est pourquoi il mourrait sous peu. Seul Kulala, l'esprit du sommeil, dont la demeure se trouvait au-delà des montagnes, pouvait le sauver. Il avait sans doute de nombreux sommeils, car c'était lui qui les construisait pour Yumau, le créateur. Mais Doruma était trop faible pour entreprendre le voyage.

Alors Oda, sa femme, dit : Moi, j'irai chez Kulala, l'esprit du sommeil. Et, comme c'était une femme courageuse, elle prit une gourde d'eau, un peu de nourriture et un bâton, et partit vers les montagnes. Elle marcha de nombreux jours, presque sans se reposer. Elle escalada les montagnes bleues et arriva dans la vallée du bois sacré de Kulala.

A la lisière du bois les oiseaux chantaient, les singes hurlaient, et le vent secouait les arbres. Mais, dès l'instant où Oda s'avança dans l'ombre, un grand silence l'enveloppa. Pas une feuille ne bougeait dans le bois du sommeil, les oiseaux étaient muets, et l'on voyait seulement glisser des serpents silencieux. Oda marcha pendant longtemps, et les feuilles ne bruissaient pas sous ses pieds. Le bois était toujours plus épais et sombre, jusqu'au moment où elle arriva devant un grand arbre creux, la maison de Kulala. Oda entra et vit l'esprit qui dormait dans un hamac. Elle resta à attendre qu'il s'éveille. Kulala dormit pendant un quartier de lune et, quand il s'éveilla, il vit la petite femme dans un coin de sa maison.

— Qui es-tu, et pourquoi es-tu venue, hurla-t-il de colère.

— Kulala, esprit de l'obscurité qui répare, je t'en supplie. Un diable malveillant a volé le sommeil de mon mari, et il mourra si je ne lui en apporte pas un nouveau.

— Et pourquoi donc devrais-je t'en donner un ?

— Parce que j'ai marché pendant très longtemps, que mes pieds sont blessés, et que je suis à bout de forces ; et pourtant, quand je t'ai vu dormir, je ne t'ai pas réveillé, j'ai attendu patiemment.

— Soit, dit Kulala. Là-bas, sur cette table, il y a les morceaux du sommeil d'un homme. Chaque sommeil est constitué de quatre voiles. Si tu sais les reconnaître, tu pourras les apporter à ton mari, et il retrouvera le sommeil perdu. Mais prends garde à bien choisir tes voiles, ou ton sort sera terrible.

— Je n'ai pas peur, dit Oda.

Kulala conduisit alors la femme devant une pierre où étaient étendus les voiles.

— Voici deux voiles blancs, dit-il. L'un est celui du silence, l'autre celui des bruits de la nuit. Choisis.

Oda les regarda, et ils lui parurent semblables. Mais une mouche vola au-dessus d'eux. Elle bourdonna à proximité du premier voile, mais ne fit aucun bruit quand elle passa au-dessus de l'autre. Oda prit le second, et le mit sur sa tête.

— Tu as deviné, dit Kulala. Maintenant, regarde ces deux voiles colorés. L'un est celui des rêves, l'autre celui des fantômes de la nuit. Si tu prends le mauvais, tous les démons et tous les cauchemars sauteront sur toi et te tueront.

Oda les regarda, et les trouva semblables. Elle prit alors une petite araignée, et la mit entre les deux voiles. De l'un sortit un horrible lézard vert à trois têtes. Oda prit l'autre.

— Tu es rusée, femme du fleuve, dit Kulala. Maintenant, voici deux voiles noirs. L'un est celui de l'ombre, l'autre celui de la lumière de feu. L'un donne le sommeil, l'autre rend aveugle.

Oda les regarda. Puis elle prit deux gouttes d'eau sur une feuille et les fit tomber sur les voiles. L'une s'évapora à cause de la chaleur de la lumière. Oda prit l'autre voile.

— C'est bien, femme du fleuve, dit Kulala, mais maintenant t'attend une épreuve plus difficile. Voici deux voiles rouges. L'un est celui du sommeil qui, avec les trois autres, rendra la paix aux nuits de ton mari, et aux tiennes. L'autre est le voile du sommeil éternel, la mort. Si tu y touches, tu mourras.

Cette fois-ci Oda n'hésita pas et en choisit tout de suite un. C'était bien celui du sommeil. Elle le mit sur sa tête et s'endormit aussitôt. Quand elle se réveilla, Kulala la regardait en souriant et lui tendait une tasse de hakarà chaud.

— Tu m'as étonné, femme du fleuve. Par quelle magie as-tu reconnu le voile du sommeil, le plus mystérieux de tous ?

— Il n'y a pas de magie, dit la femme. J'ai lavé pendant tant d'années le linge au bord du fleuve que je sais le reconnaître. Le voile du sommeil était le plus usé, parce qu'il a été utilisé de nombreuses fois, et pendant de nombreuses nuits. Le voile de la mort était plus neuf, on ne l'utilise qu'une fois.

Kulala rit et, d'un souffle, la fit voler jusqu'au seuil de sa paillote. Oda mit les quatre voiles sur la tête de son mari, qui s'endormit enfin et eut la vie sauve.

Le récit du type à la mèche

RESTOROUTE HORREUR
(Un endroit chaud, propre, et bien éclairé)

> *I read the news today oh boy*
> *about a lucky man who made the grade…*
>
> Les gars, aujourd'hui, j'ai vu les nouvelles,
> ça parlait d'un homme heureux qui a atteint son but…
>
> LENNON-McCARTNEY

Une Fiat 1300 court dans la nuit sur l'autoroute qui mène du travail à la mer et vice versa.

A l'intérieur de la 1300 on trouve :

– le père, qui est énervé ;

– la mère, qui a sommeil ;

– le fils, qui a soif ;

– la fille, qui a un besoin pressant.

Ils reviennent d'un séjour de trois jours à la mer : l'hôtel ne donnait pas sur la mer, il y avait beaucoup de moustiques, et les côtelettes étaient dures.

La mère dit, dès que tu vois une aire de repos, tu t'arrêtes.

Le père dit, je ne m'arrête pas à la prochaine, je m'arrête à la suivante.

Le fils dit, moi, c'est tout de suite que j'ai soif.

Le père dit, j'ai dit la suivante, dans la Fiat c'est moi qui commande.

La fille va dire quelque chose, mais sa mère l'en empêche, sinon il est capable de s'arrêter à la suivante après la suivante après la suivante…

La lune est dans le ciel, embarcadère du grand mystère ; passent de gros camions transeuropéens chargés de surgelés, de déchets radioactifs, et de cochons tristes.

Un TIR dépasse la Fiat, et le père, fair-play, dit :

— Qu'il crève !

Un kilomètre plus loin, il y a un accident avec tôles froissées, essence par terre, éclats de pare-brise, ambulances, police, et nombreux curieux sanguinaires.

— Papa, on s'arrête ! dit le fils plein d'espoir. Peut-être qu'il y a des morts !

— Ne t'arrête pas ! dit la mère. Ça me soulève le cœur !

Le père cherche comment faire pour mécontenter tout le monde. Il passe, s'arrête un instant, et repart.

Puis il commente : "Il ne faut pas conduire à cette heure de la nuit quand on n'est pas habitué, je suis habitué, moi, je comprends la situation un dixième de seconde avant, il me suffit de voir qui est au volant, si c'est une femme, si c'est un homme avec un chapeau, si l'auto est une Prinz, si la plaque est étrangère, si c'est une plaque de Naples, si c'est une femme, s'il y a un adhésif avec le panda, si c'est quelqu'un qui conduit trop près du volant, si l'auto est jaune, si c'est une femme, alors ça veut dire qu'ils ne savent pas conduire."

Suit un silence. Le fils se met à songer à une femme au chapeau qui conduirait une Prinz jaune immatriculée à Naples. Il voudrait en parler, mais de sa bouche ne sort qu'un faible :

— J'ai soif !

— Résiste !

— Ça presse !

— Résiste !

— Soyez gentils, papa va bientôt s'arrêter...

— J'ai dit ça, moi ?

Aire de service, trois kilomètres.

— On s'arrête, on s'arrête, et après vous vous plaignez parce qu'on arrive trop tard. Vous ne pouvez pas résister encore deux ou trois cents kilomètres ?

Aire de service, deux kilomètres.

Le cul énorme d'un TIR de betteraves surgit devant la 1300. Mais pour qui il se prend, pour le propriétaire de la route ? Je vais le dépasser, et tu vas voir ce qu'il va entendre !

— Mon chéri, dit sa femme, à cette allure il te faudra dix kilomètres pour le dépasser, et dans ces conditions, on va aussi rater l'aire de repos.

— Je vais le griller ! dit le père.

— Vas-y, papa ! dit sa progéniture.

Ils s'approchent du monstre, gagnent du terrain, arrivent à la hauteur de la cabine, les conducteurs échangent des regards de haine éternelle, le camionneur accélère, le père écrase le champignon.

Duel dans la nuit.

1. Une Fiat 1300 et un TIR de betteraves ; 2. sur l'autoroute du destin ; 3. à cent vingt à l'heure ; 4. jouent leur avenir.

a) Si le camionneur perd, il sera très dangereux toute la nuit ;

b) si le père est vaincu, réussira-t-il encore à se faire respecter par sa famille ?

Profitant d'une petite côte, le père grignote de précieux centimètres et passe en tête : il voit alors l'aire de service, braque à droite, coupe la route au camion, freine, fait une embardée, entre à vive allure dans le parking, frôle les distributeurs d'essence, fait une nouvelle embardée, et s'arrête à vingt centimètres de la vitrine du restoroute.

Les pneus fument. Le fils a la tête en bas et les pieds en l'air, la fille est dans le coffre, la mère est étendue sur le pare-brise et a perdu un talon, le père est aux anges.

— Drôle de manière de t'arrêter, dit la mère.

— Je l'ai fait pour vous, vous avez insisté…

Menteur ! Il l'a fait, parce que, comme ça, le camion ne pourra plus le dépasser, et la course est gagnée ! Pour les siècles des siècles !

Ils sont tous les quatre dans le parking vide, pas un chat sous la lumière lunaire, pas un chat en dehors d'eux, rien d'autre que le grésillement d'une enseigne lumineuse et le passage des camions au loin : beauté des parkings nocturnes semblables à des îles tropicales dans l'océan des routes pétrolopyriques, frémissements des starters, félins aux aguets dans les moteurs !

Palpitant et lumineux, le restoroute les avale, où ils entrent fiers et résolus à tout. Quatre pistoleros en short, bras et jambes couverts de brûlures de teintes différentes : fraise pour le père, griotte pour la mère, saumon le fils, mortadelle la fille.

Ils regardent autour d'eux, flairant la proie. Boissons, sandwiches, nounours, chocolat, mitraillettes pour gamins, gâteaux régionaux, jambons en hibernation, journaux de fesses, vidéocassettes, cassettes, couches-culotte, bonbons durs, bonbons mous, pain de mie, pains d'épice, panasonic, et une fourme monstrueuse, rose.

Ils sont entrés sans crainte dans le labyrinthe du bien-être puisqu'ils en possèdent le fil, le fil magique de l'argent : et le père, ayant sorti son portefeuille comme on défouraille, se dirige déjà vers la caisse aux destinées de laquelle préside une vendeuse petite, décolorée et ictérique.

— Qu'est-ce que vous prenez ? dit le père.

— Coca, dit le fils.

— Coca, dit la fille.

— Café, dit la mère.

L'épuisement éraille leurs voix.

— Deux Cocas et deux express dont un serrrrrré.

— Rien d'autre ? répond la vendeuse d'un ton de défi.

Le père lui lance un regard du type crois-moi-que-si-je-veux-j'achète-la-boutique. Puis, d'un geste impérieux, il pilote tout son monde vers le bar. Le barman est un gorille déplaisant qui dissimule une revue porno sous son zinc, et passe la nuit ici tout seul ; à moins qu'il ne s'arrange avec la vendeuse, dans cette horreur de sandwiches livides, petits pains grabataires, tartes mortes et viennoiseries putréfiées. Quelle tristesse. De derrière le zinc s'insinue une musique mystérieuse, inquiétante. En voici les paroles :

Juillet, ô mon amour, ne finira jamais,
Juillet, c'est ma promesse, bientôt je reviendrai.

Ils consomment au son de cette musique, puis descendent vers les blanches catacombes des toilettes. Vastes et silencieuses, à leur entière disposition. Ils pissent. Se lavent les mains. Les essuient à l'aide du simoun à pièces. Se regardent dans des miroirs immenses, tableaux d'un musée du week-end. C'est ma foi vrai qu'on a pris un peu de soleil. Ils s'étirent, se relavent les mains, les essuient de nouveau. Ils repisseraient, s'ils pouvaient.

— Allons-y, dit le père.

— On reste encore un peu… C'est si bien…

Mais d'autres aventures les attendent. D'autres dépassements. Des TIR, semis ou pas, des caravanes et autres camping-cars, des camionnettes. Et à nouveau cafés, miroirs, haltes… Puis encore…

Ils retrouvent le labyrinthe magique, passent entre deux murs de vidéocassettes, couches-culotte, jambons précuits, sandales japonaises, accessoires pour autos, bouillottes, et une fourme monstrueuse, rose. Ils marchent en file indienne, suivant les écriteaux qui promettent : "Sortie." Et ils se fraient un chemin au milieu de jouets, victuailles, tampax, crackers, visitors, vidéocassettes, offres spéciales, et une fourme monstrueuse, rose. Couloirs appétissants, virages alléchants, courbes tout en douceurs. Et, après une telle errance, ils se retrouvent comme par enchantement devant la caisse, où la décolorée au teint vert néon les regarde d'un air sinistre, et dit :

— Alors, vous partez sans rien acheter ?

Mais voyez-moi cette effrontée, pense le père, un peu inquiet ; et maintenant, qu'est-ce qu'ils vont me demander, ceux-là ?

Et voilà d'ailleurs que le fils, faiblard, réclame une collation, la fille, épuisée, le jeu des hommes-insectes, sa femme, la voix éraillée, une petite nappe, mais la sortie ne réapparaît pas, et ils errent dans le labyrinthe, entourés de saucisses, de sandales japonaises, de morceaux de tartes, jusqu'à ce qu'ils s'arrêtent, égarés.

Soudain une ombre s'allonge sur les murs, et de lourds pas retentissent : le gorille du bar apparaît dans le labyrinthe, muni d'un coutelas. Et il gronde :

— Alors, on croyait s'en tirer avec deux Cocas et deux cafés ?

Ils s'enfuient, tous les quatre ils s'enfuient, et la fourme tombe devant eux, roule, immense, et les emporte. Ils se relèvent, mais face à eux se dresse un mur effrayant de vidéocassettes, nounours, couches-culotte, frisbees, biscuits, accessoires pour autos, hommes-insectes, ainsi qu'un canot monstrueux, jaune.

Ils sont faits comme des rats : le gorille du bar avance à grandes enjambées, ricanant et grinçant des dents.

Personne n'entendra leurs hurlements dans le fracas du torrent des camions qui s'écoule, indomptable.

Et qui s'apercevra de la présence de cette épave d'auto, au fond du terrain vague ?

Et de la valise défoncée, avec les quelques chaussettes, les deux pelles à sable, le journal illustré, le spray anti-insectes, l'après-rasage ?

Et qui écoutera le chagrin de la lune, le chant funèbre des grillons, et les grognements du cochon, là-bas, dans le camion qui le conduit vers son destin ?

Le récit de la puce du chien noir

HISTOIRE COURTE

Comme il faisait une chaleur de trente-trois degrés le boulevard Bourdon se trouvait absolument désert…

GUSTAVE FLAUBERT

Il était une fois un homme qui ne parvenait jamais à finir ce qu'il commençait. Il comprit qu'il ne pouvait plus continuer ainsi. C'est pourquoi il se leva un beau matin et dit :

"J'ai pris une décision : dorénavant, tout ce que je commen…"

Le récit du troisième homme au chapeau

LE SAMEDI PORNO DU REX

And he'll die without a whimper
like every heroe's dream.
Just an angel with a bullet
and Cagney on the screen.

Et il mourra sans une plainte
comme le rêvent les héros.
Un ange, une balle,
et Cagney sur l'écran.

TOM WAITS

Je suis moi aussi de Zuydingue, un petit patelin, qui autrefois était encore plus petit. J'étais jeune alors, et c'était une autre époque. Les calendriers du coiffeur et du garagiste représentaient le summum de la débauche. Certains étaient célèbres, comme celui des pneus Faizioli, où Miss Janvier portait des chaînes pour la neige en guise de bikini, et où Miss Juillet se faisait bronzer en s'enduisant le corps d'huile pour les freins. Nous autres, les gars, nous allions à tour de rôle dans l'atelier voir ça, et le recueillement était digne du Louvre. Lorsqu'un jour un représentant apporta de Rome la fameuse photo de Marilyn nue sur du velours, on enregistra une perte de six cents heures de travail dans le secteur, et il fallut découper la photo en quatre pour satisfaire la demande.

Cela continua ainsi jusqu'à l'ouverture à Zuydingue du premier local vraiment moderne et anticonformiste, le cinéma Rex.

Extérieurement, ça ne payait pas de mine : l'entrée ressemblait à un cabinet dentaire, la caisse, c'était une table, et le service du bar était toujours ouvert au sens où, si on commandait une bière, on vous la balançait directement par la fenêtre du café d'en face. L'intérieur, œuvre de M. Portogalli, l'architecte, était en revanche d'un goût exquis. Outre les sièges d'un délicat vert grenouille, et le sol dallé, le plafond était particulièrement beau. A celui-ci l'architecte, ayant entendu parler de "cinémas à lumières rouges", avait suspendu côte à côte vingt-huit monstrueux globes pourpres, dans une structure imitant la chaîne moléculaire. Toutefois ces globes ne fonctionnaient jamais plus de trois à la fois, et d'ailleurs, presque à chaque projection, l'un d'entre eux se mettait à grésiller et à crépiter ; l'ouvreuse criait alors "faites gaffe à la pomme !", et tout le monde trouvait refuge sous les sièges. Le globe tombait en explosant, et le film pouvait reprendre.

Nous avons dit "l'ouvreuse". En fait, le propriétaire de la salle, ayant appris que tous les cinémas sérieux ont une ouvreuse, avait réglé la question en déguisant son fils de douze ans en Blanche-Neige. Blanche-Neige aidait les gens à trouver une place et les invitait à garder leurs chaussures, au moins pendant la première partie.

La programmation initiale du cinéma Rex fut variée, car il fallait contenter un peu tout le monde. La première affiche était entièrement écrite à la main et, si je me souviens bien, c'était la suivante :

Dimanche. – *Brève rencontre*, avec Trevor Howard et Celia Genson. Sentimental, américain, pour tous.

Lundi. – *Mission désespérée* avec Gary Cooper. Guerre, action, et bombardements. Pour ceux qui n'en ont pas eu assez.

Mardi. – *Les Sept Samouraïs*. Pour ceux qui ont de la culture.

Mercredi. – *Repos hebdomadaire*.

Jeudi. – *Bambi* de Walt Disney. Une fable délicate pour grands et petits.

Vendredi. – *Maciste et le Minotaure*. Avec Maciste. Pour tous.

Samedi. – *Jeux interdits pour jeunes filles comme il faut*. Adults Only. Interdit aux mineurs de moins de seize ans.

L'apparition de l'affiche suscita des commentaires nombreux et variés. Les bigots du village dirent que nous étions devenus une succursale de Sodome, cité que la plupart d'entre nous situaient dans la province de Parme. La patronne du café, Rita, dite Ritona, opinion-leader des femmes, objecta que “ou on est comme il faut, ou on joue à des jeux défendus” ; elle n’était pas moraliste, elle, mais “elle aimait la précision”.

Beaucoup demandèrent qui était Adults Only, et le propriétaire du cinéma répondit que c’était un réalisateur américain spécialisé dans le porno, et qu’on retrouverait son nom à l’affiche de très nombreux films.

Dante, le représentant, se querella avec l’architecte à propos des noms anglais, surtout sur le fait de savoir si Gary Cooper se prononçait Copère ou Coupère.

— Ignorant, disait l’architecte, tu ne sais pas que le double *o* se prononce *ou*.

— Ah ! Oui ? répondit Dante. Et toi, comment tu dis, copérative ou coupérative ?

Et il eut le dernier mot.

Le début, avec le film sentimental américain, eut un grand succès mais, comme toutes les petites vieilles un peu sourdingues du village assistaient à la projection, de temps à autre l’une d’entre elles se levait et protestait : “Je n’ai pas compris ce qu’ils ont dit, revenez en arrière, s’il vous plaît.” L’opérateur devait répéter la scène. Si bien que *Brève rencontre* dura exactement cinq heures et demie.

Il y eut aussi quelques problèmes pour *Mission désespérée*. Vous savez sans doute qu’à cette époque-là, il n’était pas possible qu’un avion apparaisse sur un écran sans que tout le monde ne cherche à l’abattre avec la bouche. Les plus célèbres bruiteurs de cinéma, alors, étaient les frères Doucet, lesquels étaient capables d'imiter tous les sons, de la moissonneuse-batteuse au grillon-taupe. Et donc, dès que l'escadrille japonaise apparut sur l'écran, une contre-offensive partit de la salle, qui fit trembler le plafond et arracha quatre globes.

Les canettes et les chaussures commencèrent à voler, et, quand l'amiral Yamamoto s'approcha, du dernier rang se leva un certain Vérassoi, ex-partisan, qui tira plusieurs coups de fusil dans l'écran. A la sortie, quand quelqu'un demandait comment ça s'était terminé, les spectateurs unanimes répondaient : "Aucune idée, mais c'est nous qui avons gagné."

Pour le film du mardi, le public était mélangé : les intellectuels du secteur, mais aussi de nombreux cultivateurs, des vignerons surtout, car le bruit avait couru que le film s'appelait *Les ceps s'amourachent*, aventures galantes et tordantes au pays mystérieux des pieds de vigne.

Quand Vérassoi vit de nouveau les Japonais, il se plaignit, car on ne l'avait pas prévenu de reprendre son fusil. Dès le début, la coupure de la salle en deux fut nette. Du rang des paysans partaient des bruits affreux comme des coups de sabre, et de celui des intellectuels des "chut !" hargneux. Puis, petit à petit, le film conquit tout le monde. Il se termina avec un public debout, faisant tournoyer les chaises et encourageant Toshiro Mifune. Il s'ensuivit deux mois de japonisation intensive du secteur. Toutes les fois qu'on allait chez les fermiers pour chercher des œufs, ils s'exhibaient dans des numéros d'épée avec cris à l'appui, et il y en eut même un, Maramotti, qui changea son nom en Maramoto, et obligea sa femme à manger la polenta avec des baguettes.

Repos hebdomadaire eut un très grand succès : ils furent trente à payer l'entrée, qui pénétrèrent sagement dans la salle et s'endormirent.

Le jeudi, *Bambi* fit soixante spectateurs et trois cents glaces.

Vendredi, pour *Maciste*, la salle affichait complet. Quelques-uns étaient même venus comme Maciste, c'est-à-dire sans maillot de corps. On transpirait comme du bétail, car à cette époque-là on pouvait compter sur une réelle participation du public ; toutes les fois que Maciste levait sa massue un cri s'élevait : "Frappe !" Quand il soulevait un rocher, la moitié de la salle se levait, gonflait le cou, et soulevait par solidarité qui une chaise, qui sa femme. A la fin de la première partie tout le monde était épuisé et avait mal au dos, et pourtant il restait encore à affronter le Minotaure.

La seconde partie commença par une danse du ventre exécutée par la danseuse sud-américaine Chélo Alonso, vedette on ne peut plus aimée chez nous. La scène fut soulignée par un grondement d'enthousiasme et des tentatives d'imitation de la part des dames présentes, lesquelles, toutefois, ayant une circonférence assez supérieure à celle de la star, assommèrent plusieurs spectateurs en remuant le derrière.

Au moment le plus intense, l'arrivée dans l'antre du Minotaure, on n'entendait plus une mouche voler. Quand le monstre apparut, il y eut toutefois une certaine déception. Certains disaient qu'il ressemblait à la vache d'Alfredo, d'autres à Alfredo lui-même. Et surtout, on n'était pas d'accord sur la manière de l'éliminer. Quelques-uns proposaient le verdet, d'autres un gros hameçon avec un appât au maïs. Quand Maciste l'estourbit à coups de gourdin, il fut longuement sifflé, parce qu'une bête, ça ne s'abat pas comme ça.

Le film finissait avec Maciste s'éloignant à cheval, et prononçant sa célèbre phrase : "Partout où le fort piétinera le faible, il me trouvera sur son chemin." Ce qui occasionna dix minutes d'applaudissements et le fameux commentaire de Vérassoi : "Alors, t'as encore des kilomètres à faire, mon pote !"

Puis vint le jour fatal : le samedi porno qui changea la vie de notre village. Dès deux heures de l'après-midi, une cinquantaine d'hommes rôdaient aux alentours du cinéma.

Certains portaient une écharpe sur le nez, bien que le mois de mai fût largement avancé. Une moitié d'entre eux furent capturés et reconduits à la maison par les épouses. Le courage manqua à neuf autres qui, une fois arrivés devant la caisse, changèrent d'avis et dirent : "Vous n'avez pas vu Enea ? J'avais rendez-vous avec lui ici." Et ils s'enfuirent. De sorte que, quand Enea Baruzzi entra bon premier dans le cinéma, on lui demanda s'il n'avait pas honte de faire attendre comme ça tous ses amis. Une fois qu'Enea eut rompu la glace, une poignée de courageux entrèrent : Vérassoi, Ettore, Dante, l'architecte, les frères Doucet, Brochette, le père Celso et, en dernier, Iris, la marchande de journaux, avec son fils, le petit César, parce qu'elle était persuadée qu'on projetait encore Bambi ; personne n'eut le courage de lui dire la vérité.

L'obscurité emplit la salle et, dès la première scène, le fameux duo entre le plombier et la soubrette, les commentaires se firent entendre. Lataupe, plombier de son état, objecta que son collègue du film n'avait pas pris la bonne clé anglaise, mais on le fit taire. Nous nous levâmes tous et commençâmes à exprimer notre approbation par des halètements et de grands sifflements admiratifs. Enea se plaignit du fait que l'interprète masculin couvrait tout le temps l'interprète féminine, et il hurlait : “Tire-toi de là, laisse-nous voir !” Le père Celso, qui avait vu sa dernière cuisse en 1936, et ne se souvenait même plus au juste si ce n'était pas une cuisse de dinde, en resta bouche bée : de ce jour, et pendant les seize années qui suivirent, il garda ses mains dans ses poches. Dante, le représentant, faisait le blasé, et disait que des choses comme ça, à Rome, on en voyait tous les soirs dans les rues. La plus embarrassée était naturellement Iris, à qui le petit César demandait continuellement si c'était vraiment *Bambi*.

— Bien sûr que oui, répondait sa mère.

— Mais où est-il ?

— Il va bientôt arriver.

Le choc fut si grand qu'aujourd'hui encore le petit César, qui a quarante ans, laisse la porte ouverte chaque fois qu'il rejoint sa femme au lit parce que, dit-il, peut-être que Bambi va venir.

La première partie prit fin, marquée par un tir fourni de canettes de bière lancées par la fenêtre du café. Quand la seconde partie commença, de l'intérieur du cinéma montèrent des cris inhumains et des applaudissements. Quelques personnes se réunirent dans la rue et Ritona, la patronne du café, observa que, à en juger par le boucan qu'il y avait, ce devait vraiment être un bon film. Et, peu après, en compagnie de quatre amies, elle entra pour voir. Au bout d'une minute, de la fenêtre du cinéma, elles firent signe aux autres de venir tout de suite, car le spectacle était extraordinaire. Et les vieux, les vieilles, les enfants entrèrent, à tel point que le notaire et la couturière démocrate-chrétienne allèrent avertir le prêtre.

— Don Calimero, crièrent-ils, c'est Sodome et Gomorrhe ! Tout le village est en train de regarder le film pornographique. Même les femmes et les mineurs !

Don Calimero se précipita devant le Rex et, avec horreur, il entendit, provenant de l'intérieur, un vacarme de sifflets, de hurlements, et d'exclamations d'encouragement : "Vas-y, vas-y, continue comme ça !"

"Mon Dieu, qu'est devenue ma paroisse !" pensa-t-il. Il revint à toutes jambes vers l'église, prit l'encensoir le plus gros qui était à sa disposition, et s'apprêta à faire évacuer la salle avec des fumées lacrymogènes.

Il se présenta à la porte du cinéma, agitant l'instrument sacré et criant :

— Cochons ! Je ne m'attendais pas à ça de vous ! Tout le monde dehors ! Je ne permettrai pas dans ma paroisse cette ignoble exhibition de cuisses, de fesses, de…

Don Calimero se tut soudain, regardant l'écran. De vert il devint blanc, puis rouge de congestion. Une expression de ravissement se lut sur son visage. Puis, de tout le souffle de ses poumons, il hurla :

— Vas-y Coppiiiiii !

Il se trouvait que, par erreur, l'opérateur avait projeté, à la place de la deuxième partie, le ciné-journal avec la victoire de Coppi au tour d'Italie. Nous nous le fîmes projeter trois fois, et six fois son arrivée au Stelvio.

Le lendemain circulait ce commentaire :

"Coppi, c'est un as. Pense donc, dans la première partie il baise pendant une heure d'affilée, puis il saute sur sa bicyclette, et gagne."

Le récit de la petite fille

ARTURO PERPLEXE DEVANT LA MAISON ABANDONNÉE AU BORD DE LA MER

Les gens ne meurent pas,
ils s'arrêtent, fascinés.

JOAO GUIMARAES ROSA

Le gamin au maillot bleu avait marché le long de la plage, pendant au moins un kilomètre. Il était maintenant immobile devant la maison dont toutes les portes et les fenêtres étaient fermées. Les jouets de Maria n'étaient pas dans le jardin. Plus de hamac entre les deux arbres. Le gamin se tourna alors vers la mer, qui était calme et violette, et s'assit. Il faisait des dessins dans le sable avec un bâtonnet, pour ne pas penser. La fillette surgit soudain de derrière une cabine. Elle poussa un hurlement qui se voulait terrifiant.

— Pris !

— Idiote, dit le gamin, content.

Elle s'élança, sauta, et atterrit dans une glissade sur les talons, le couvrant de sable.

— Je t'ai fait peur, hein, général Arturo !

— Je t'avais vue…

— C'est ça ! Tu regardais autour de toi, tu avais l'air idiot. Tu faisais comme ça, regarde…

Et Maria singea Arturo Perplexe Devant la Maison Abandonnée au Bord de la Mer.

— Bien sûr, j'ai vu que tout était fermé.

— Nous partons, dit Maria, faisant voler le sable avec son pied. Grand-père ne supporte pas… Enfin, ça ne lui fait pas de bien de rester ici, le docteur a dit qu'il vaut mieux le ramener à la maison.

— Et vous partez quand ?

— Ce soir. Tu ne vois pas ? Tout est fermé, maintenant. Les valises sont déjà faites.

— Et les chats ?

— Oh eux, ils retourneront dans le jardin de la voisine. Ils sont malins.

Le gamin se leva, réfléchit un peu, puis posa sa tête sur le sable pour faire le poirier. Mais il y renonça.

— Qu'est-ce que tu fais, général Arturo ?

— Vous êtes sûrs que vous devez vraiment partir ? dit le gamin.

Avec sa tête pleine de sable, il ressemblait à un mannequin des vitrines.

— Bien sûr, qu'on le doit.

— Mais l'été n'est pas encore fini. Il reste encore six jours en août, tout septembre, et tout octobre.

— Octobre, ce n'est plus l'été. Et puis, c'est pour grand-père. Il a dit qu'il voulait mourir dans son lit.

— Là aussi il a un lit, dit le gamin.

— Dans son lit en ville. Il est très fatigué. Hier, dans la nuit, il a eu un malaise, et j'ai dû lui tenir la tête pendant que maman lui mettait des gouttes. Il est maigre, il ne pèse rien. C'était comme si j'avais tenu la tête d'un chat.

Le gamin parut absorbé dans ses pensées. Il secoua un peu de sable de ses cheveux et regarda en direction de la mer.

— Alors, vous partez à cause de ton grand-père.

— Oui.

— Et s'il guérit, ton grand-père, vous resterez.

— Je pense que oui.

Le gamin sourit.

— Moi, je peux empêcher ton grand-père de mourir.

— Badaboum !

— Je te jure. Je l'ai déjà fait avec le mien, l'année dernière. Il a eu une fièvre très forte. Le docteur hochait la tête. Alors, mon grand-père a voulu me voir. Il tenait ma main dans la sienne. Puis, au moment où j'allais partir, il m'a demandé un verre d'eau. Moi, je n'ai pas fait attention, et j'ai presque tout versé sur lui. Lui, il a ri, et après, il était guéri.

— Qui l'a dit ?

— C'est moi qui te le dis. Le lendemain, il allait déjà mieux. Une semaine après on l'a emmené à la montagne et, à peine sorti de la voiture, il voulait faire une promenade. Il a mangé un grand panier de cerises le premier soir. Et il a dit à maman : Tu vois, c'est Arturo et son verre d'eau qui m'ont guéri.

— Tu es complètement fou.

— Essayons, dit le gamin. Laisse-moi essayer…

La fillette regarda la maison. Elle ne vit pas la voiture de ses parents du côté du garage. Elle prit Arturo par la main.

— Allons-y, dit-elle.

La maison était sombre, tous les volets étaient fermés, il y avait une odeur de draps et d'armoires vides. Ils durent marcher doucement jusqu'à la chambre du vieil homme, la seule où il y avait encore une fenêtre entrouverte. La chambre était pleine de valises, il y avait aussi le hamac roulé et, dans un coin, les jeux de Maria à l'intérieur d'un panier. Le vieil homme était au lit, avec tant d'oreillers qu'il était presque assis. Il respirait régulièrement, avec une espèce de claquement dans la gorge. Il dormait. Seul, comme on ne l'est que dans les rêves, où ce qu'on fait ne change pas le monde.

— Je n'ai pas l'impression qu'il soit en train de mourir, dit le gamin.

— Tu n'entends pas cette respiration lente ?

Ils écoutèrent. La respiration du vieil homme suivait la cadence du bruit de la mer. Puis, brusquement, elle se cabra et le vieil homme toussa fort à de nombreuses reprises. Il ouvrit les yeux, et dans la pénombre il vit le maillot blanc du gamin et la robe bleue de la fillette.

— Général Arturo, dit le vieil homme dans un filet de voix, tu es venu saluer l'amiral ?

— Oui, amiral, dit le gamin. Il s'approcha du lit et mit une main sur la couverture. Le vieil homme dégageait une odeur de linges mouillés. Il transpirait et avait une petite croûte à l'angle de la bouche.

— Pour cette année les manœuvres sont suspendues. Mais je te le recommande… Garde l'embarcation en bon état.

— Oui, amiral.

Maria passa de l'autre côté du lit et appuya sa main sur le bras du vieil homme. Il avait la peau brillante de sueur et le soleil, entrant par les volets, la faisait resplendir.

— Grand-père, tu as un bras en or, dit Maria.

— Oui, je suis tout en or, je transpire l'or pur, répondit le vieil homme.

— Dis-le-lui, murmura le gamin.

— Quoi ? demanda le vieux.

La fillette prit à part le gamin et l'emmena dans le coin le plus reculé de la chambre. Le vieil homme les vit disparaître dans l'ombre.

— Pourquoi je dois lui dire ? Fais-le, et voilà…

— Je ne peux pas verser un verre d'eau sur lui sans rien dire… Peut-être qu'il en mourrait de frayeur.

— Je ne sais pas comment le lui dire.

— Dis-le-lui.

La fillette revint près du vieil homme. Elle s'assit au pied du lit, ses jambes touchaient à peine terre.

— Où est parti le général Arturo ? demanda le vieil homme.

— Il est allé… te chercher un verre d'eau.

— Il est gentil… mais je ne l'avais pas demandé.

— Tu sais comme il est entêté, le général.

Le gamin réapparut. Il tenait en main une chope pleine d'eau gazeuse.

— Tu es fou, général, dit la fillette. C'est l'eau qu'on devait boire pendant le voyage.

— Au robinet, il n'y a plus rien.

— L'eau est déjà fermée, dit le vieil homme. Mais pourquoi ce verre énorme ?

— Dis-le-lui, répondit le gamin.

— Je n'en suis pas capable, répliqua la fillette. Dis-le-lui, toi.

— Mais enfin, dit le vieil homme en faisant semblant de perdre patience, je peux savoir ce que vous êtes en train de manigancer dans mon dos ?

La fillette croisa les bras et resta en équilibre sur le talon d'un pied et la pointe de l'autre.

— Arturo… voulait te montrer… ses pouvoirs magiques… Voilà, il voudrait… t'aider…

— Je vais essayer de vous empêcher de mourir, amiral, dit le gamin. Si vous êtes d'accord, bien sûr.

Le vieil homme resta un instant silencieux. Il tenta de voir l'expression des deux enfants dans la pénombre.

— Et… comment feras-tu ?

— Oh ! c'est simple, dit le gamin en s'approchant tout doucement. L'année dernière, j'ai lancé…

je veux dire, sans le faire exprès, j'ai versé un verre d'eau sur mon grand-père.

— Et il a guéri, dit la fillette. Je veux dire, c'est pas sûr que ce soit Arturo et ses pouvoirs, pourtant ça s'est passé comme ça.

Le vieil homme se mordit les lèvres. Une mouche volait au-dessus des draps. Il ferma les yeux et, en fin de compte, il n'était pas si sûr de la présence des deux enfants dans sa chambre. Il avait du mal à respirer. Il rouvrit les yeux.

— Et tu l'as guéri avec un verre comme ça ?

— Non, il était moins plein, mais pour plus de sûreté… répondit le gamin.

— Arturo, ne fais pas l'idiot, dit la fillette. Tu dois faire exactement comme avec ton grand-père… Tu as versé sur lui une chope comme celle-là ?

— Elle était comme ça.

— Bien, bien, dit le vieil homme, et… comment étais-tu habillé ? Quelles formules magiques as-tu prononcées ?

— J'avais une chemise jaune, précisa le gamin.

— Tu vois bien qu'il y avait quelque chose qui manquait, dit la fillette. Elle regarda les valises, puis en ouvrit une et sortit un chemisier jaune.

— Mais c'est pour les dames, protesta le gamin.

— Pour le rite, c'est la couleur qui compte, déclara le vieil homme en toussant. Et puis, qu'as-tu fait ? Quelles paroles as-tu dites ?

— Souviens-toi exactement de tout, général Arturo, recommanda la fillette. Ne fais pas l'innocent, comme à ton habitude.

— Tiens-moi le verre, ordonna le gamin. Le chemisier lui arrivait aux genoux. Il serra ses tempes entre ses doigts. Alors, je suis monté sur le lit avec le verre… Puis j'ai dit : bois tout !

— C'est sûr ?

— Certain.

— De quel côté es-tu monté ? dit la fillette. C'est important.

— De ce côté-ci, indiqua le gamin, car de l'autre, il y avait le mur.

— On ne peut pas déplacer le lit contre le mur, se plaignit la fillette.

— Moi, dit le vieil homme, je crois que l'important, ce sont les gestes, la formule "bois tout", et surtout l'eau minérale.

— C'était de l'eau minérale ? Gazeuse ? demanda la fillette, pointant son doigt sur le torse d'Arturo.

— Certain.

— Alors, vas-y.

Le gamin prit la chope avec beaucoup de soin. Il fit le tour du lit en longeant le rebord de la main. Puis, prudemment, il monta dessus. Le vieil homme toussa, et le gamin réussit à faire en sorte que la secousse ne fasse pas même tomber une goutte. Ses yeux rencontrèrent le regard d'approbation de la fillette. Puis il leva le verre près du visage du vieil homme et dit :

— Bois tout.

Le vieil homme fit un signe de remerciement de la tête. Le gamin versa lentement le verre d'eau sur le thorax du vieil homme et se mit à rire. Il était en train de terminer de l'arroser quand les parents de la fillette entrèrent. Ils ouvrirent grande la fenêtre, et la lumière du jour éclaira la scène.

— Vous êtes fous ! Qu'est-ce que vous faites ? s'exclama le père.

Le vieil homme essaya de dire quelque chose, mais la toux l'en empêcha.

Le général Arturo, très sérieux, posa le verre sur la table de nuit, exactement comme il se souvenait de l'avoir fait l'autre fois, près du bord.

La fillette courut auprès de sa mère, et la tira par la manche.

— Peut-être que grand-père ne mourra pas, dit-elle à voix basse.

Le récit de l'hôte

A ce moment précis, dans le bar sous la mer, tout le monde se tourna vers moi.

— Nous avons été heureux de vous avoir parmi nous, dit le vieil homme au gardénia, et nous espérons que vous ne chercherez pas à manquer à notre usage : quiconque entre dans le bar sous la mer doit raconter une histoire.

— Je ne connais pas beaucoup d'histoires, ai-je répondu, tentant de m'esquiver.

— Je crois qu'il va falloir en raconter une, dit la petite vieille. Si vous souhaitez sortir…

— Que voulez-vous dire ?

— Vous voyez, monsieur, dit le barman, il n'y a qu'un seul moyen de sortir d'ici, et ce n'est pas en prenant la porte par où vous êtes entré.

— Il y a une autre porte, alors ?

— Non, dit le marchand de tapis en riant.

— Mais si l'on ne peut pas sortir par la porte d'entrée, et s'il n'y a pas d'autre porte, je ne pourrai plus sortir…

— Il y a beaucoup d'autres moyens, dit le chien noir.

— Par exemple, dit Priscilla, on peut n'être jamais entré…

— Et si la porte n'est pas là, dit la blonde à la robe rouge, peut-être se trouve-t-elle ailleurs : il suffira que vous sortiez, et vous trouverez la porte de sortie.

— Ou même, plus simplement, dit le marin, peut-être êtes-vous déjà sorti.

Je les ai regardés un à un. J'avais l'impression qu'ils attendaient quelque chose de moi.

— J'ai compris, ai-je dit soudain. Et j'ai commencé à raconter : "Je marchais une nuit au bord de la mer des Brigantes, où les maisons ressemblent à des navires engloutis, immergés dans le brouillard…"

TABLE

BABEL

Extrait du catalogue

479. ÉRIC LEGASTELOIS
Adieu gadjo

480. PAUL LAFARGUE
La Légende de Victor Hugo
(à paraître)

481. MACHIAVEL
Le Prince

482. EDUARD VON KEYSERLING
Eté brûlant

483. ANTON TCHEKHOV
Drame de chasse

484. GÖRAN TUNSTRÖM
Le Voleur de Bible

485. HERBJØRG WASSMO
Ciel cruel

486. LIEVE JORIS
Les Portes de Damas

487. DOMINIQUE LEGRAND
Décorum

488. COLLECTIF sous la direction de JEAN-MICHEL RIBES
Merci Bernard

489. INTERNATIONALE DE L'IMAGINAIRE N° 14
Eros & Hippos

COÉDITION ACTES SUD – LEMÉAC

Ouvrage réalisé
par l'Atelier graphique Actes Sud.
Achevé d'imprimer
en juillet 2008
par Normandie Roto Impression s.a.s
61250 Lonrai
sur papier fabriqué à partir de bois
provenant de forêts gérées durablement (www.fsc.org)
pour le compte
d'ACTES SUD
Le Méjan
Place Nina-Berberova
13200 Arles.

Dépôt légal
1re édition : juin 2001
N° impr. : 082306
(Imprimé en France)